料理番に夏《なつ》疾風《はやて》

新・包丁人侍事件帖

小早川 涼

角川文庫
19020

目次

登場人物一覧

鮎川惣介《あゆかわそうすけ》……江戸城御《お》広敷《ひろしき》御膳所台所人。将軍家斉《いえなり》の食事を作る御家人

志織《しおり》……惣介の妻

鈴菜《すずな》……惣介の長女

小一郎《こいちろう》……惣介の長男

片桐隼人《かたぎりはやと》……惣介の幼馴染《おさななじ》み。御家人。大奥の管理警護をする添番《そえばん》

八重《やえ》……隼人の妻

以知代《いちよ》……隼人の母

仁《まさし》……隼人の長男

信乃《しの》……隼人の長女

桜井雪之丞《さくらいゆきのじょう》……京から来た料理人。世継ぎ家慶《いえよし》の正室楽宮喬子《さざのみやたかこ》の料理番

睦月《むつき》……雪之丞と同居する用心棒

長尾清十郎《ながおせいじゅうろう》……惣介の上役。台所組頭

二宮一矢《にのみやいちや》……本丸書院番。旗本。弓術《きゅうじゅつ》の名手

近森銀治郎《ちかもりぎんじろう》…旗本家嫡男《ちゃくなん》。鈴菜の縁談相手
香乃《かの》……大店美濃屋《おおだなみのや》の娘。鈴菜の幼友達
末沢主水《すえさわもんど》……漂着して幕府お抱えになった英吉利人《えげれすじん》
津田軍兵衛《つだぐんべえ》…隠居した元御広敷御膳所台所人。惣介の大先輩
津田兵馬《ひょうま》……軍兵衛の三男。角細工師《つのざいくし》
松平外記《まつだいらげき》……西の丸書院番。旗本家嫡男
戸部武兵衛《とべぶへえ》…西の丸書院番。旗本
源太郎《げんたろう》…西の丸六尺
水野和泉守《みずのいずみのかみ》（忠邦《ただくに》）……寺社奉行。浜松藩主。家慶《いえよし》の元で老中の座を狙う
大鷹源吾《おおたかげんご》……水野の懐刀《ふところがたな》
徳川家斉《いえなり》……十一代将軍

第一話　西の丸炎風

（一）

文政《ぶんせい》六年（一八二三年）の卯月《しがつ》半ば。

江戸城の台所人、鮎川惣介《あゆかわそうすけ》は、ぽってりとせり出した我が腹に手を置いて、御広敷御膳所《おひろしきごぜんしょ》の格子窓に目をやった。茜《あかね》に染まったわた雲が、暮れ方の空をゆっくりと流れてゆく。

見返れば、御膳所の中は、十一代将軍家斉《いえなり》公の夜の膳が支度たけなわだった。湯気が勢いよく立ち上り、薪《まき》が爆《は》ぜ、衣をくぐらせた筍《たけのこ》が胡麻《ごま》油の中でプチプチと泡を作り、飯の炊ける匂いに味噌《みそ》、醬油《しょうゆ》、酢の香りが寄り添い、話し声はなくともたいそう賑《にぎ》わしかった。料理を調製しているのは、台所人十人。それに台所小間遣いがついて下働きを勤めている。

惣介の今日の受け持ちは、鮑《あわび》むし貝だった。名はむし貝だが、煮て作る。

まずは活《い》き鮑に塩をふり、汚れやぬめりをしっかりこすり落とす。笹の葉を敷いて水を張った鍋《なべ》に入れて火にかける。貝の身が自《おの》ずと殻から離れ始めるまで待って取り出し、すっかり貝殻を外す。

このときに、ふっくらした青鈍色《あおにびいろ》の肝《きも》を傷つけないよう、木べらと手を器用に使うのが、ちょっとした腕の見せ所だ。

外した身はもう一度よく水で洗い、汲《く》みなおした水と酒を合わせた鍋に浸して火にかける。弱めの中火になるよう薪の量を塩梅《あんばい》し、磯《いそ》の香りと酒の匂いが濃くなってゆくのを楽しみながら煮詰めていく。煮汁がほとんどなくなったら酒を足し、今度は薪をぼんぼん焼《く》べ、汁気がすっかり飛ぶまで鍋を揺すり、火から上げる。

この後、貝の身と肝をそれぞれそぎ切りにするのだが、少し冷ましてからでないと、熱くて丁寧に包丁が入れられない。そこで、惣介はひと息ついて、窓の外を眺めたのであった。

まだ肝とミミとを綺麗に取り外し、溜《たまり》醬油に葛《くず》でとろみをつけてたれに拵《こしら》え、山葵《わさび》をすり下ろし——と、仕事は残っていた。

歯触りのちょうど良い厚さに切り揃えた鮑を器に重ね盛りし、肝とミミを形良く添え、葛醤油《くずしょうゆ》を垂らす。山葵で若葉色の小さな山を作って、天辺《てっぺん》に載せれば出来上がりだ。

香色《こういろ》の鮑はとろりと艶《つや》を帯び、出来たての葛醤油が、照りのある団十郎茶の縞《しま》を作り、下ろしたての山葵がつんと香りの華を添え、見た目も味もとびっきりのひと品である。

(それが上様の前に運ばれる頃には、鮑は乾き、葛醤油にはぼやけた膜が張り、山葵の香りも半分方抜けてしまう)

毎度のことながら、惣介は情けなさを嚙《か》みしめた。

筍の天ぷらなどは特に気の毒だ。どれだけからりと揚げても、笹の間で膳奉行の毒味を待つうちにすっかり冷める。衣はしんなりしてべたつくか、さもなければガリガリに硬くなる。

揚げたての熱々を、塩だけではふはふ言いながら召し上がって戴く、など夢のまた夢だ。

神君家康《いえやす》公に毒味役を置くよう勧めたのは、仙台藩《せんだい》の初代、伊達政宗《だてまさむね》公であったそうだ。二百年以上も前の助言が今もって幅を利かせ、歴代の将軍に冷めた飯や温め直した汁を食させているわけだ。

馬鹿馬鹿しい気もする。だが、その用心があったればこそ——何かにつけ、事を大きくしないための布石を敷いて来たからこそ、戦なき世がかくも長くつづいたのだとも思う。

(伊達政宗、さて叱ったものか、褒めてつかわすべきか)

腕を組みかけたところで、背後から怒気を帯びた声が飛んできた。

「鮎川。何度も呼ばせるな」

仰天して振り返ると、台所組頭、長尾《ながお》清十郎《せいじゅうろう》がすぐ傍に来ていた。見慣れたおむすび顔の上で、細い目がさらに細くつり上がり、貧弱な小鼻が膨らんでいる。惣介とて、団子を重ねた体つきに団子の顔と団子の鼻と団子の目、でもって浮き世をしのいでいる。長尾の眉目《みめ》をとやかく言えた義理ではない。が、手下《てか》を叱るには、ちと重みが足りないご面相だ。

「おぬしは手が休みになると、耳も非番か」

長尾の声音は風雲急を告げていた。呑気に伊達政宗を裁いている場合ではなさそうだ。非番でも耳だけは開けております、と言い返したいところだが、上役をこれ以上怒らせる度胸はない。

「いえ、長尾様。決して無駄に休んでおったのではございません。鮑が冷めるのを待つ間――」

「え～い。おぬしに教わらんでも、鮑むし貝を作る手順ぐらい承知だ。ごちゃごちゃ減らず口を叩《たた》くな。それより」

長尾はここで息を継いで、声を落とした。

「上様のお召しである。今宵《こよい》五つ（八時半頃）、御小座敷《おんこざしき》へ参上仕《つかまつ》るように」

声は小さくなったが、口調は苦虫百匹嚙みつぶしたほど不機嫌だった。

（なるほど。お冠《かんむり》なはずだ）

惣介は黙って辞儀を返しつつ、腹のうちで嘆息した。

幕臣は旗本と御家人にきっぱり身分が分かれており、将軍に御目見得《おめみえ》がかなうのは旗本だけだ。御目見得といっても、たいていは行事のおりに拝謁《はいえつ》できるだけのこと。平身低頭しているばかりで、言葉を交わすことなど論外だ。

将軍の休息所のひとつ、中奥御小座敷へ伺う機会となると、幕閣に名を連ねていてさえ、そうそうあるもんじゃない。

にもかかわらず家斉公は、高々五十俵取りの御家人鮎川惣介を、御小座敷に召し出す。これはとんでもない仕来《しきた》り破りだ。しかも、この無茶、一度や二度ではない。拵えた料理にお褒めの言葉を賜《たまわ》ったのをきっかけに始まって以来、ひと月かふた月に一度の割で、足かけ四年つづいている。

お召しがあれば惣介は、日々の御膳にはまず載ることのない、たわいない総菜や駄菓子を携《たずさ》えてゆく。そうして、家斉が口に出せずため込んだ愚痴をじっと拝聴し、ときには無聊《ぶりょう》をお慰めして下がる。

それだけのことだ。惣介に格別の役得はない。機に乗じて出世を図ろうといった欲もない。有り体に言って、どうすれば機に乗じられるのかよくわからない。家斉も、惣介を幕府の中枢に用いようなぞとは、欠片《かけら》も考えていまい。

それでも、同輩の台所人や直属の上役、長尾は無論のこと、台所頭にしたって、御膳奉行にしたって、奥全体を統《す》べる若年寄にしたって面白いわけがない。惣介が召し出される都度、御小座敷から人払いされる小姓たちも、大いに不服だろう。

惣介がお召しを断れるはずもないと重々承知していて、それでも癪《しゃく》に障る。さりとて、家斉公に不平不満をぶつけることはできない。つのった苛立《いらだ》ちのツケは、長尾の苦虫顔となり、御膳所でささやかれる聞こえよがしの嫌味ともなって、惣介に回ってくる。

正面切って非難されれば、言い返すことも、言い訳を並べることもできる。得心がいけば詫《わ》びる用意もある。が、陰でこそこそされては、それすら難しい。始終、耳元で蚊がうなっているような気持ちの悪さだ。

（俺が御小座敷で借りてきた猫よろしく這《は》いつくばっていることも、肩や背中をカチカチに凝らせていることも、薄々気づいておるだろうに）

いつでも替わってやるぞ、と言いたくなる。

だが、周囲の冷えた視線を苦にする気持ちと裏腹に、ぴたりとお召しが掛からなくなったら……と恐れる思いも、いつの頃からか胸の奥に巣くっている。

それみろ、特別の扱いが晴れがましく鼻高々なくせに、と誹《そし》られそうだが、それとはちと違う。四年の月日が育《はぐく》んだ情とでも言おうか。

加えて料理人としての張り合いもある。

お召しの折りには、御膳所では禁じられている食材を使ったひと品や、出来たてでほかほか湯気の立つ料理をお出しできる。家斉公というお方が、また、そうしたちょっとしたひと椀《わん》ひと鉢を、じつに美味《うま》そうに食するのだ。

大勢の側室を持ち五十人近い子を生《な》して、巷《ちまた》で絶倫将軍と揶揄《やゆ》されているが、家斉公は無礼な綽名《あだな》から思い浮かぶような脂ぎった五十男ではない。

顔立ちも体つきもすんなりして、如何《いか》にも殿様らしい品位がある。表情は飄々《ひょうひょう》として、どこか得体の知れぬ腹の読めぬところがあるが、細やかな気づかいを忘れぬ親身な主君だ。

そんなお方が、ひと箸《はし》ひと箸、慈しむように料理を味わう姿を見ることができるのだ。これこそ台所人冥利《みょうり》に尽きるではないか。

（ほんに、これも何かの授《さず》かり。文句を言うては罰《ばち》が当たる……さて、今夜は何をお持ちしようか）

御膳所にある食材を、あれかこれかと思い浮かべながら、惣介は鮑の仕上げにかかった。

遅番は、一日の後片付けを済ませ、火の始末を終えるまでが役目だ。夕餉《ゆうげ》が暮れ六つ（六時半頃）きっかりに将軍の許へ運ばれてゆくと、その膳が下がってくるまでしばし手が空《す》く。

その間を使って、台所人たちは御膳所に残った食材で弁当を拵え、宿直《とのい》の番士に売る。正式に認められているわけではない。長年お目こぼしに与《あずか》っているうちに、慣例になった小遣い稼ぎだ。

本丸も西の丸も、御膳所では食材を贅沢《ぜいたく》に使う。目の下一尺を超える鯛《たい》から切り身を四、五枚取るだけで仕舞い、と浮き世離れしたお大尽《だいじん》ぶりだ。で、魚であれ青物であれ、残った食材はすべて「塵《ごみ》」扱いになる。持ち帰ることも許されるし、弁当の菜にもできる。

賄方《まかないかた》が吟味した材料を使って、江戸城の台所人が作る弁当は、値段はそこそこ、味は絶品。番士にも評判が良かった。もちろん、幕臣の家計が押し並《な》べて火の車な昨今、わずかな弁当代も倹約して、下男に夜食を届けさせる番士もいるわけだが。

いつものようにてきぱきと弁当作りにかかった同輩を尻目に、惣介は台所門を出て、御庭方の詰め所へつづく外廊下に腰を下ろした。暮れなずむ空にまだ星はなく、富士見三重櫓《やぐら》の向こうに上弦の月が、ぽつんと高く昇っていた。

夏とはいえまだ初口だ。暮れ方になると、風がひんやりしてくる。

（なんぞ温かい物をお持ちするか。それとも初茄子《はつなす》で……）

御小座敷へ運ぶ料理を思案して首をひねっていると、御広敷の添番《そえばん》詰め所から、片桐隼人《かたぎりはやと》が出てきた。惣介に気づくと、やけに嬉しげに走り寄ってきて止める間もなく口を開いた。

「信乃《しの》が俺に向かって『ちっち』と言うたぞ」

またた。

隼人は惣介の幼馴染《おさななじ》みで、去年の弥生《さんがつ》、男児と女児の双子——仁《まさし》と信乃——の父親になった。以来その子煩悩《こぼんのう》は止《とど》まるところを知らない。仁が寝返りを打った、信乃が這った、に始まって、惣介はその育ちぶりをいちいち聞かされてきた。

信乃の初めてのつられ立ちを見逃して幾日も渋っ面になり、仁がふたつ（現在の一歳）になる前に歩いたと明け六つ前に鮎川家の門を叩き、はた迷惑この上ない。

よく鍛えたすらりとした体つきも、涼しい目元に、筋の通った形の良い鼻に、優しげなふっくらした唇と、男前の見本を取り揃えた顔立ちも、親馬鹿のせいですべて艶消《つやけ》しである。

「愛《いと》しゅうてならんのはようわかるが、大概にしておけ」と意見し、「いちいち知らせに来んでもいい」と怒りもした。が、一向に改まる様子もない。

「役目が大奥の守《も》り——添番は大奥の管理と警護を掌《つかさど》っている——だからと言うて、子守にまでそう執着せんでもよさそうなものだ」と、からかったこともある。

「たわけたことを。添番の役目と子どもの守りとは、重みがまるで違う」

と返されて、さすがにお役目第一の石頭と感嘆したのも束《つか》の間、

「大奥の世話は誰にでも務まる。しかしな、仁と信乃の父親の役は俺しかできん。家を守り人の世を継ぐ子を賢く善き人に育てるのは、武士と生まれた者の一生を貫

く大事の仕事だ。そうであろう」

と、至極もっともな訓戒が後につづいた。

いくら『大事の仕事』でも物事には限度がある、とは思ったが、根が切れて言い争うのは止《よ》した。以後はすっかり諦めて、右から左へ受け流し、適度に相づちを打っている次第だ。


「ようやくおぬしの番が回ってきたか。良かった、良かった」

信乃は言葉が早く、二歳になってすぐ、隼人の妻、八重《やえ》を「かーか」と呼ぶようになり、それから隼人の母、以知代《いちよ》に「ばあば」と笑いかけ、嫁姑の口げんかを減らした。その後も「まんま」「あんよ」「じょじょ（草履）」「ないない」「おぶう」と、日増しに言葉は増えていったが――もちろん、逐一、聞かされた――、どうしたものか、父上を指す語はなかなか現れず、隼人をしょんぼりさせていたのだ。

「それから厠《かわや》のほうを指さすから、ついていってやったら、たいそう上手に小便もできた」

となると「ちっち」は別のことを表す言葉ではないのか――惣介の胸にほぼ確信に近い疑念が兆《きざ》した。だが、隼人は娘から初めて呼んでもらえた喜びで舞い上がり、わずかも疑ってはいない。

黙っておくことにした。武士は相身互《あいみたが》いなのである。

「詰め所から抜け出てきたのは、俺にそれを知らせるためか」

「いや。西の丸書院番の松平外記《まつだいらげき》から、ちと相談事があると頼まれてな」

書院番の松平、となれば、相手は旗本だ。

「おぬし、旗本にそれほどの知己《ちき》がおったのか。初耳だ」

「道場の六つ年下の後生《こうせい》だ」

知らぬはずである。惣介は道場に通ったこともない。包丁こそ腕に覚えありだが、剣のほうはからっきしだ。長いつき合いだが、隼人の道場仲間を、ほとんど知らずにいる。

「剣の腕は群を抜いておるが、ちと短慮でな。西の丸書院番の内で、厄介ないざこざがある」

隼人のすっきりした眉《まゆ》が曇った。

「なに、そう案ずることはない。おぬしに相談を持ちかけるとは、なかなか目端の利く奴だ。少々波風が立っても、上手《うま》く収めるに違いないさ」

「まあ、できる限りの手助けはするつもりだ。いざとなれば、お役目替えを願い出る手もある」

隼人は愁眉《しゅうび》を開いて白い歯をのぞかせ、踵《きびす》を返した。そうして二、三歩進んだところで立ち止まり、振り返った。

「惣介、気を悪くするなよ。俺が『ちっち』と呼ばれる身になったことは、今夜にでも知らせに行くつもりだった。登城してすぐ御膳所を覗かなかったからというて、決しておぬしをないがしろにしたのではない」

いや、その件に関しては、ないがしろにしてもらってかまわぬ――言い返したいのは山々だったが、笑って頷《うなず》くだけにしておいた。

子はぐんぐん育っていく。早晩、親より大事なものを見つける。今このときの幸いを心ゆくまで味わい尽くせば良いのだ。

（二）

隼人の背中が御広敷門の外に消えると間も置かず、惣介にとって「歩く災難」とでも呼ぶべき相手が同じ門をくぐって来た。桜井雪之丞《さくらいゆきのじょう》だ。

世継ぎ家慶《いえよし》公の正室、楽宮喬子《さざのみやたかこ》殿の里である有栖川宮《ありすがわのみや》家から専属の料理人として遣わされ、どこやら迷惑そうな風で江戸に住んでいる。

尖《とが》った眉とぎょろんとした目。肉厚でつぶれた鼻と平べったい大きな口と四角い顎《あご》。代わり映えのしない四角達磨《だるま》な顔だが、今日は、ひょろりと伸びた背丈に相応な長い両腕で、大事そうに小桶《こおけ》を抱えていた。

「ああ、やっぱりなあ。思うてたとおりやわ」

惣介の目の前に立つなり、雪之丞は嘆息とともにうなずいた。

「引っ込めるんは、大騒ぎどしたけど、元のように出っ張るのんは、あっちゅう間ぁやった。かえって、前より太うなったのとちゃいますやろか」

「やかましい。俺もおぬしがそう言うだろうと思うておったさ。いらぬ世話だ」

引っ込めたの出っ張ったのとは、言わずと知れた惣介の腹のことだ。

よんどころない事情があって、惣介は去年の師走《しわす》から弥生下旬《さんがつ》まで、腹回りを縮める苦心をした。骨折りの甲斐あって、腹は二寸（約六センチ）も細くなり、八方丸く収まったのだが……。

「台所人として研鑽《けんさん》を積むため、若い頃から食うことに心血を注いだ結果がこの腹だ。すぐに元に戻ったのも、俺がお役目を第一に励んでおるからこそであって、決して……」

「腹の虫の言うままに食べ散らかしたせいやない、と。はいはい、そういうことに、しといたげましょ」

いちいち癇《かん》に障る物言いをする。何とか凹《へこ》ましてやろうと言葉を探しているところへ、小桶がぬっと差し出された。中を覗いて、つい口元が弛《ゆる》んだ。

「これはまた珍しい。活き鮎《あゆ》ではないか」

澄んだ水の中に、小ぶりのが五尾泳いでいる。粋な柳鼠《やなぎねずみ》の胴に大きな黄色の斑点《はんてん》がひとつ。この春に生まれた若鮎だ。

「今朝、届いたばっかどっせ。有栖川宮さんが手を回さはって、武蔵《むさし》の川から清らな水ごと生簀船《いけすぶね》に仕立てて、運ばしたんどす。愛娘《まなむすめ》に初もんを食べさせたいっちゅう、親心や。ええ話どっしゃろ」

『ええ話』かどうかは知らないが、親心と小判が手に手を取ればたいていの物は何とかなる証《あかし》、ではある。

夏の始まりを告げる初物といえば、江戸では鰹《かつお》が第一だ。大店《おおだな》から裏長屋の連中まで、毎年、鰹でひと騒ぎする。だが、京の都では、若鮎が鰹に取って代わっても て囃《はや》される。

武都《ぶと》、江戸では威勢のいい鰹が、京の都では雅《みやび》な鮎が好まれるのだ、と型どおりにも取れる。単に、鯨も泳ぐ大海原が目の前にあるか、清い渓水《たにみず》が近所かの違いかもしれない。

「焼いたり、炊いたり、揚げたり、干したり、いろいろこさえましたけど、まだようけ泳いでますよって、本丸へもちょっとお裾分《すそわ》けです」

有栖川宮家の心づくしを、身内からの到来物のように言う。

「それならば、賄方を通して……」

「よろしゃん。五尾やそこらのこと、ややこしことせんでも。宮さんのお使者も『思うままに使うてたもれ』て言うてくれはりましたし。そやし、惣介はん。今晩はお召しがかかってますんやろ」

毎度のことながら、雪之丞の早耳には恐れ入る。

「これ、焼いて御膳に載せて行かはったら、どないどす」

「いや、それは……」

喜ばれるだろう、と思った。

将軍の食膳には毎日何かしら魚が載るが、冷めたまま か温め直しかだ。焼きたての鮎を前に、目を細める家斉の姿が在り在りと思い浮かんだ。加えて、若鮎は滅多に献立に入ることのない品だ。

だが、それは同時に、惣介が活き鮎の扱いに不慣れなことを意味する。

例えば、鰻《うなぎ》を割いて白焼きを作るくらい、御膳所の台所人なら誰でもできる。しかしその出来栄えを、繁盛している鰻屋の亭主の拵えたものと比べたなら、亭主に軍配が上がるのは間違いない。

料理の基《もとい》は『習うより慣れろ』なのだ。

惣介とて鮎をそれなりに上手く焼ける。けれど、天下一品の味に仕上げられるか、と訊ねられたなら、然りとは答えかねる。

（……塩のこともある）

他のことはさておき、塩の使い方では、江戸料理は京に大きく水をあけられている。三年前、出会ったばかりの頃、惣介は雪之丞から、煮物に使う水塩の作り方を教わった。おそらく魚を焼くにも凝った塩を使うに違いない。

「なんやったら、わたしが焼きまひょか」

桶を睨《にら》んだまま黙っていたら、頭上から雪之丞の声が降ってきた。いつにない、遠慮がちな声音だった。

「そいつはありがたい」

嬉しかったから、思わず大きな声が出た。

「京の初物はやはり京の料理人に任せるのが一番だ。上様も雪之丞が焼いた鮎だと申し上げれば、きっと喜んで下さる」

「そうですやろか。上さんは惣介はんの作ったもんが食べたいのとちゃいますの」

雪之丞がきょとんとした顔で――達磨顔できょとんとできるものならの話だが――こちらを見ていた。ことによると『焼きまひょか』は戯《ざ》れ言のつもりだったのかもしれない。逃げられては困る。

「間違いない。ずいぶん前のことになるが、おぬしの作ったかけうどんの美味さをお聞かせした折りに、是非食してみたいものだと仰せであったしなあ」

「……はあ、さよで」

雪之丞はさほど感銘を受けた風もなく、自分の考えのうちに閉じこもったまま、惣介の顔を睨《ね》めていた。

「確かに上様は俺の料理を褒めて下さったが、その料理というのは炒《い》った黒豆だ。御膳所の者なら誰でも同じように作れる。俺より上手く仕上げる者もおる。いつも乾いて冷めた御膳ばかり出されているから、お仕えしている台所人の腕を読み誤っておいでなのだ。おぬしの鮎を召し上がれば、そのことに気づいて下さるやもしれん」

「気いつかはったら、上さんは、別の台所人も御小座敷に呼びはるようになるかもしれませんやん。惣介はんは、それでよろしんどすか」

「よろしも何も、そうなれば大助かりだ。俺の御膳所での居心地が、格段に良うなる。上様も様々な夜食をお召し上がりになれる」

雪之丞は眉をひょいと上げて、惣介の腹の底をのぞき込む目になった。

「そのためやったら、おのれの特別扱いがなしになっても、惜しゅうないと……えらい綺麗なこと、言うてくれはりましたなあ」

「俺の心のうちは、鮎が暮らせるほど清いのだ。憶《おぼ》えておけ」

いまいち腹のうちがつかみきれない雪之丞である。そんな相手に、こっちの気持ちを洗いざらい明かす義理はない。

「まあ、よろし。塩も残ってることやし。鮎はわたしが焼かしてもらいまひょ」

御膳所に塩は欠かせない。常にたっぷり蓄えられている品だ。わざわざ『残ってる』と言うからには、その『塩』は雪之丞がとびきり手間をかけて拵えたものに違いなかった。

惣介は喉まで出かかった「鮎を焼くための塩の作り方、伝授してもらえまいか」のひと言を、無理やり呑み込んだ。どの料理人にも自慢の技がある。苦心してあみ出した技巧にしろ、一子相伝《いっしそうでん》の秘技にしろ、そう易々と他人に漏らすものではない。承知していながら、頼むのは野暮だ。

「ほな、五つに間に合うよう、焼いて参じます」

雪之丞はにやりと笑い、桶を持ったまま踵を返した。焼くところを見せてくれる気も、毛頭ないらしい。


若鮎は約束どおり、五つの鐘の音を供に届けられた。

笹を敷いた皿に載った五尾の鮎は、せせらぎから勢いよく宙に舞う姿そのままに身をくねらせていた。ぴんと広がった尾の先で、わずかに振った飾り塩が白銀《しろがね》に輝き、金茶色《きんちゃいろ》の焼き目からは、ほわほわと美味そうな匂いの湯気が立ち上っている。

蓼《たで》は決まりどおりに、飯ひとかたまりと塩と煮きり酒を加えてなめらかにすり潰し、横に片口七分目ほどの酢が添えてあった。

蓼酢《たです》は夏の森のような深い緑の色が身上だ。が、酢を入れると瞬く間に色が褪《あ》せてしまう。食べる直前に酢を注いで、目でも初夏《はつなつ》の趣を満喫できるよう、雪之丞が気配りしたのだ。

「そう褒めちぎられたら、照れくそうてかないまへん」

膳を受け渡すと同時に、雪之丞が得意気に小鼻をうごめかした。

「俺はひと言もしゃべっておらんぞ」

「そなもん、惣介はんの顔見てたら、声なき声が耳に心地よう聞こえてきます。ええ塩梅に囲炉裏《いろり》端《ばた》が使えましたよって、御簾中《ごれんちゅう》（嗣子の正室＝喬子）さんにお出ししたんより、なんぼか上手に焼けましたのや」

「ははあ、それでこうもふっくらと」

惣介は何度も頷いた。

口から串を打って、尾を上に囲炉裏の火の周りに刺して焼く——余計な水気や脂《あぶら》が頭に集まり、身も縮まない、極上の焼き方だ。が、普段の御膳を拵えるときには、囲炉裏は使わない決まりになっている。

「なにしろ見事なものだ。冷めぬうちにお届けしよう」

「ちょっと待っておくれやす。やっぱりこれも付けてってもらいまひょ」

中奥に向かって歩き出そうとした惣介を、雪之丞が呼び止めた。見返ると、目の前に可愛らしい京漆器《しっき》の小箱が差し出されていた。

「京風に鮎の胴には振り塩がしてありませんのや。それでは、お江戸生まれお江戸育ちの上さんには、薄味過ぎるかしれません」

話しながら、雪之丞は小箱の蓋《ふた》を取って、鮎の皿の脇に載せた。粒の揃った混じりけなしのさらさらの塩に、ままごとのような小さな木の匙《さじ》が添えてある。飾り塩に使った粗塩《あらじお》とは別の塩だ。

「塩気が足りひんかったら、使うてもろうて下さい。鮎は京の料理人の腕の見せ所。薄塩で押し通したいとこやけど、なんちゅうても、召し上がるお人の好みが大事ですよってなあ」

いつもは手前勝手なことばかり言う雪之丞が、こと料理となると、どこまでも饗《きょう》される相手の身になって考えるのだから面白い。

(省みて俺には、これぞ腕の見せ所、と胸を張れる逸品があるだろうか)

雪之丞渾身《こんしん》の鮎を運びながら、惣介はおのれに問うていた。中奥の廊下に灯《とも》った蠟燭《ろうそく》さながら、胸の奥で自信が心細く揺らめいた。

(三)

御小座敷はしんと静まって涼やかだった。家斉も常と変わらず、白羽《しろは》二重《ぶたえ》の着流しに白帯で、上段の間にくつろいでいた。

「今宵の鮎は、桜井雪之丞が焼いたものにございます」

まずそう言上してから、惣介は御前に膳を据え、蓼の小鉢に酢を注ぎ、小箱の塩についてもひと言添えた。引き下がって下段の間にかしこまり、雪之丞が鮎を焼くことになった曰《いわ》く因縁を語り出そうとしたとき、上段の間から「ふううむ」と太息が降ってきた。

「活きの良い鮎に、美味い塩を少し、それを熱いうちに食する——まさに至福よ。のう、惣介」

話しながらも、家斉の箸は忙しく動きつづけていた。

「御意。雪之丞の塩加減、焼き具合も見事にございますれば」

「それを忘れてはいかんな。この次はうどんが所望じゃと、雪之丞に言うておけ」

無論、雪之丞の腕があってこその、うなるほど美味い鮎の塩焼きだ。が、この時季、京の者ならば誰でも焼きたてを食べている若鮎が、天下の征夷大将軍をこれほど喜ばせている。

不意に、おのれを含め、日々細かく気を遣い、精一杯腕を振るっている台所人たちが、つくづく可哀想になった。だから、深い思案もなしに、ついつい言葉が口から滑り出た。

「おおそれながら、笹の間でのお毒味が手間取りすぎているやに存じます。いま少し手短に済ませますれば、丹精込めた膳が、焼きたて、炊きたてに近いまま御前にお届けできるかと……」

しゃべっていることの差し出がましさが、次第に恐ろしくなって、惣介はちらりと目を上げた。家斉が箸を止め、真顔になってじっとこちらを見ている。惣介はあわててぴょんと後ろに飛び下がり、額を畳に押しつけた。

「身の程知らずな差し出口を利きました。平に、平にご容赦を」

「詫びずともよい。歴代の台所人が皆そのように考えてきたに違いないからな……将軍の前で口に出したのは、惣介が初めてだろうが」

盗み見ると、家斉の口元が面白がる風に歪《ゆが》んでいた。惣介は邪魔っ気な腹を無理やり押さえ込んで、さらに身を縮めた。

「だがなあ、惣介。御膳所の者には気の毒だが、余は城中の膳は今のままが良いと思うておる」

思いがけない言葉だった。毎日の膳に、温め直した汁と冷たくなって身の縮んだ鯛が載ることを良しとされては、台所人の立つ瀬がない。

「なにゆえでございますか」

平身低頭してはいても、ここで訳を訊《き》かねば、鮎川惣介一世一代の不覚だ。

「余は大きな城に住み、贅を尽くした調度に囲まれ、心地の良いものを着て、山海の珍味を食しておる。百姓、町人からすれば、働きもせぬ者が結構な暮らしぶりで、と腹の立つこともあろう」

「巷《ちまた》の者どもは、上様が政《まつりごと》に精進なされておられるのを、知らぬからでございます」

「だが、毒味のせいで、余の膳にはぬるい味噌汁と冷めた焼き魚しか載らぬことは、知れ渡っているだろう」

不思議なことに、それは江戸市中ばかりではなく、諸国津々浦々まで広まっている話だった。将軍に限らず各藩の大名もまた、毒味や食事の際の細かな仕来りのために、冷めた汁を飲み、思うようにお代わりもできない——世間はそのように信じている。焼きたての秋刀魚《さんま》とどこぞの殿様をネタにした落語さえあるほどだ。

「公方様だ、殿様だと偉そうにしていても、出来たての熱い味噌汁を啜《すす》る心地よさも手に入らぬのか。そう思えば、親しみも湧く。勘弁してやろうという気にもなる。それで治世は丸く収まる。違うか、惣介」

「如何にも。仰せのとおりにございます」

　将軍も大名も幕臣も裏店《うらだな》の住人も、身分の上下にかかわらず誰にだって、日々の暮らしにままならないところがある。民にそう考えさせておくのは、為政者《いせいしゃ》にとって好都合、と言うわけだ。

（気の良い貧乏人は「公方様は気の毒なもんだ」と思いやって、おのれの懐の寒さも悪いことばかりじゃないと、安んじてくれる）

　無論、長閑《のどか》な勘違いだ。

　徳川の治世が始まって以来ここまで二百年の間に、享保《きょうほう》、天明《てんめい》の大飢饉《だいききん》を含め、各地で幾度も餓死者の出る飢饉が起きた。だがどの飢饉でも禄を食《は》む武士は飢え死にしていない。いわんや将軍、大名をやである。

　虫や野草まで食い尽くして死んだのは、百姓、町人ばかり。身分の上下は、生死を分けるのだ。

（上様とて、百も承知で仰せになられていることだ）

　わかっていたから、腹にもない返事がするりと出た。

「深いお心も知らず、毒味を手短になぞと、出過ぎたことを申しまして……」

「惣介、心にもない詫びを言うな。丹精した膳をだいなしにする毒味も、政のまやかしも、そちは気に入らんだろう」

あからさまに訊かれて、そのとおりと答える立場にはない。困り果てて顔を上げると、家斉は呑気に鮎をむしっていた。怒ってはいないようだ。が、重ねて詫びを入れるに如くはない。

「滅相《めっそう》もないことにございます。上様、なにとぞ……」

「よいから。まあ聞け。余が将軍の座についた翌々年だから、かれこれ三十数年前のことだ」

「ぎょ、御意」

「阿蘭陀《おらんだ》にほど近い、仏蘭西《ふらんす》なる国で、民が決起して君主の一族を斬首《ざんしゅ》の刑に処した。この騒動のきっかけのひとつが、王の正室が漏らした『貧しくて米が買えないのなら、饅頭を食べればよかろう』という言葉だったそうだ」

驚いた。交易のない外《と》つ国の情報を集めるのは、幕府天文方の役目だ。蘭語・蘭学に堪能《たんのう》な切れ者が登用されているのは知っていたが、他国の御台所《みだいどころ》の言い草まで調べ上げているとは、思いも及ばなかった。

（俺は、海と聞けばすぐ、魚料理や昆布や鰹節に頭がゆくが……）

打ち寄せる波の遥《はる》か彼方まで目配りできる幕臣がいる——それは、誇らしく頼もしいことだった。

「事ほど左様に、糧《かて》はときとして、一国の命運を左右する力を持つ。余が冷や飯と生ぬるい煮物を食して、安寧秩序《あんねいちつじょ》が得られるならば、易いことではないか」

惣介が天文方に感嘆している間に、家斉は機嫌良く話を締めくくり、骨ばかりになった鮎を持ち上げて、ニッと笑った。

「たまには狡《ずる》もしておるが、それは内緒だ」

いつものことだが、おどけられると返事に窮する。心を許してともに笑いあえる間柄なら、どんなによいだろうと思う。

だが、家斉の言い分はよくわかった。

上に立つ者が手前勝手な欲で政を動かし、贅沢を見せびらかせば、民は憎む。逆に、窮屈で侘《わび》しい姿を強調し、何を言われても鷹揚《おうよう》に構えていれば、親しみと情を抱いてくれる。

(おのれの拵えた料理が冷めて不味《まず》くなるのを、毎度毎度じっと辛抱する。それも御奉公のうちか)

確かに、それで世が平穏に治まるならば……とは思う。

「かような話を持ち出したのは、他でもない。今宵はそちに引き合わせたい者がおるのだ」

惣介に胸のもやもやを片づける暇も与えず、家斉はつづけて用件を切り出した。待っていたかのように、背後の廊下に面した襖《ふすま》が開いた。青葉の匂いの夜風とともに、体のがっしりした背の高い男が入ってきて、惣介と畳一畳分離れて上段の間に向かって端座した。

盗み見ると、月代《さかやき》を剃《そ》らず、総髪《そうはつ》にして後ろで束ねている。その毛の色が煎《せん》じた茶のようだ。惣介の人並み外れてよく利く鼻を、さっきから嗅《か》ぎ慣れない体臭がくすぐっている。

（妙な奴だな……）

何度も横目を飛ばして観察をつづけると、やけに鼻が高くて長い。そうして肌が湯上がりの赤子のように桜色である。

「主水《もんど》、これが鮎川惣介だ」

家斉の声で、男はこちらへ向き直った。惣介も慌てて座り直した。次の刹那《せつな》、あんぐりと口が開きっぱなしになった。

（……異人《いじん》ではないか）

髪の色に合わせたような唐茶色《からちゃいろ》の平袴《ひらばかま》に、黒い絽《ろ》の羽織をきっちり着こなしてはいる。だが、両目は鼻の脇で指が突っ込めるほど窪《くぼ》んでいるし、瞳の色は青みがかった灰色だ。

老けて見える。が、首筋や指の滑らかさからすると、二十四、五だろう。生まれてこの方、見た異人は、江戸参府《さんぷ》に来る阿蘭陀人だけだが、あの者たちによく似ている。

「末沢《すえさわ》主水にございます。よろしくお引き回しのほど、おん願い奉ります」

一瞬、相手がなんと言ったのかわからなかった。

(どうする。俺は蘭語など知らんぞ)

仕方なく畳に目を落とし小首を傾げて微笑んでみたが、相手は真顔のままだ。

「惣介、安堵《あんど》いたせ。主水は英吉利人《えげれすじん》だが、二年《ふたとせ》この国におる。聞くことは無論、話すことも書くこともできる」

上段の間で、家斉が笑った。言われてみれば、少々堅苦しめだが、確かに初対面の挨拶だったようだ。

相手が異人であるからには、当然、聞いたこともない外つ国の言葉でしゃべるはず、と思い込んだ。その結果、幼い頃から使い慣れた言葉が、意味のない音の団子に聞こえたのだ。

「ご、ご無礼いたした。それがし、粗忽者《そこつもの》にて……」

頭を下げながら鬢《びん》を掻《か》いて、もう一度笑って見せた。けれども、主水は口を真一文字に結んだまま軽く会釈したきりだった。ここは一緒に笑ってもらわねば収まりがつかないのだが、なにしろ異人のすることだ。こちらの思惑どおりにはいかない。うろたえる惣介を見て見ぬふりで、家斉は手招きして、二人を上段の間に呼び寄せた。

「惣介、そちも聞き知っているだろうが、海の外は次第に騒がしくなっておる。露《ろ》西《し》亜《あ》は、五十年以上前から通商を求め、千《ち》島《しま》や蝦《え》夷《ぞ》を脅かしてきたが――」

露西亜船のことは、幕臣なら知らぬ者はいまい。二、三年ごと沿岸に姿を現し、利《り》尻《しり》島《とう》に入り込んで幕府の船を燃やすなど、しばしば騒ぎを起こしている。幕府は備えとして、海に臨む要所に砲台も築いたし、各藩にも沿岸の守りを固めるよう触れも出した。

「ここ三十年ほどは、英吉利の船も増えた。長崎《ながさき》の港で、かの国の軍艦が無茶をしでかしたのは憶えておろう」

文化《ぶんか》五年の騒動だ。惣介はまだ台所人になりたてだった。当時の長崎奉行が腹を切り、佐《さ》賀《が》藩鍋《なべ》島《しま》家にもお咎めが及んだ。以来、英吉利も幕府の警戒の対象となっている。

「鯨捕りの船が港に流れ着いたとの噂も、一、二度、耳にいたしております」

「ふむ。主水も同様に、漂い着いた商船に乗っておったのだ」

真実、漂流、座礁した船もあれば、そう騙《かた》って上陸、侵入を企《たくら》む者たちもいる。漁船や商船がやむを得ぬ事情で寄港したときには、どこの国の船でも水や食料など必要な助けを与え、一刻も早く海原へ戻す。それが幕府の方針だ。

露西亜艦の乗員を捕虜として入牢《じゅろう》させたことはあった。が、外つ国の者を、野放しのまま長期滞在させたことはない。阿蘭陀人さえ、好きに歩けるのは出島《でじま》の中だけだ。

（英吉利人を、江戸に連れてきて上様のお側《そば》近くに寄らせるなぞ、とんでもない話だ。公儀自らが禁を破ったことになる）

神君家康公の御代に三浦按針《みうらあんじん》（イギリス人・ウイリアム＝アダムズ）を召し抱えた例はあるけれども、その頃は長崎出島以外の港も国の外に開いていたし、異国との交易も盛んであった。

家斉は破天荒《はてんこう》な将軍だ。それは、惣介が今こうして御小座敷にいることでも、充分に示されている。しかし、それとこれとは話が違う。

（俺は二心《ふたごころ》なくお仕えする忠臣だが、この英吉利人は腹どころか面《つら》つきさえ読めぬ。

どうにも胡乱《うろん》な生き物ではないか）

上様も幕閣のお歴々も用心が足りん……腹立たしいが、家斉を叱るわけにもいかない。惣介は唇をぎゅっと結んで、主水の落ち窪んだ目を見据えた。すると、あろうことか、主水もこちらにじっと目を凝らして寄越した。

（なんだ、此奴《こやつ》。睨めっくらなら、負けんぞ）

臍《へそ》に力を入れ顎を突き出したところで、笑い出したのは家斉だった。

「惣介、そう怖い顔をするな。懸念には及ばぬ。主水の篤実《とくじつ》な人柄は、ようわかっておる」

命ぜられては仕方がない。惣介は目線を外して座り直した。が、主水が微《かす》かに笑んだのを見逃しはしなかった。

（人が叱られたのをせせら笑うとは、大した人柄ではないか）

なんのために引き合わされたのかわからないが、英吉利人と知り合いにならずとも台所人は務まる。御小座敷を出たら、二度と会いたくない。

（万が一顔を合わせても、知らぬかんぴょう猫の糞《くそ》だ）

惣介が決意を固めている間も、家斉は話を進めた。

「天文方は、英吉利の言葉にも事情にもまだまだ不案内でな。信のおける師範が入り用であった。そこへ主水が来た。なかなかに博聞《はくぶん》で、蘭語もこなす。まさに天の配剤《はいざい》だと思わぬか」

「まことに」

惣介が主水をどう思うかはともかく、幕府にとって幸いだったことは間違いない。

『彼を知り己を知れば百戦殆《あや》うからず』と言う。交易を結ぶにしても、戦に備えるにしても、相手を詳しく知ることが肝要だ。

「主水は、幕府の頼みに応《こた》えて、独りこの国に留《とど》まってくれた。出歩くことさえできぬ窮屈な暮らしを忍んで、天文方に英吉利の言葉を伝授し、海の外の出来事も英吉利の今の姿も余す所なく語ってくれた。労に報いるため召し抱えたいところだが、そうもゆかん。せめてなにか褒美を取らせたいと思うて、望みを訊ねたところ――」

「上様。お許し戴けますならば、それがし、自身で鮎川様にお願いいたしたく存じます」

主水がいきなり家斉の話をさえぎった。とんでもない無礼者だ。にもかかわらず、天下の将軍は腹を立てた風もなく、微笑んで大きく頷いた。

「それが良いやもしれん。許す。頼んでみよ」

何か頼まれるらしいが、頼まれたくない。

（上様の御勘気《ごかんき》を蒙《こうむ》らぬように、断る手立てはないものか）

思案する間もなく、主水がこちらを向いて、がばりと音がせんばかりの勢いで平伏した。驚きの余り、心の臓がでんぐり返りを打ちそうになった。

「鮎川様。それがしに料理の指南《しなん》をして戴けませぬか。一所懸命、一意専心《いちいせんしん》、刻苦《こっく》勉励《べんれい》いたします。何卒《なにとぞ》、お引き受け下さいますよう、伏してお願い申し上げます」

異人の口から次々と漢語が流れ出てきた。要は料理を教えて欲しい、ということらしい。

「惣介。頼んだぞ」

『お引き受け』もなにも、君命である。知らぬ顔の半兵衛を決め込むつもりが、遊郭ならぬ御小座敷から付け馬（借金の取り立て係り）がついて来た。

（四）

翌朝から大工が諏訪《すわ》町御台所組組屋敷に来た。主水を迎え入れる支度である。大きな台所と湯殿の付いた離れを、幕府の払いで建ててくれるのだという。

これまで主水は、書物奉行兼天文方筆頭、高橋景保《たかはしかげやす》のところにいた。高橋家の旗本屋敷なら、すべて屋敷内でことが足りていたが、五十俵高の惣介が住む御台所組組屋敷ではそうはいかない。

まず第一に湯殿がない。主水は町の湯屋には行けないから（行ったら、湯船の中に赤鬼がいる、と大騒ぎになるだろう）、どうしたって内湯が入り用だ。

座敷の数が少ない。敷地は六百坪近くあるが、建物は三十坪足らずで、八畳が二間、六畳が二間、それに台所と物置があるだけだ。そこに惣介と妻の志織《しおり》、それに十六になる娘の鈴菜《すずな》と十三歳の跡取り息子小一郎《こいちろう》、と四人家族が暮らしている。居候を置く隙間はない。

そこで『台所と湯殿付きの離れ』というわけだ。

「それがしが高橋様の御屋敷へ、通い稽古《げいこ》に伺いますゆえ。浅草新堀町《あさくさしんぼりちょう》なら、我が住まいからさほど遠くはございません」

御小座敷で、惣介は何度もそう繰り返した。

なんと言っても、それが最も簡便な方法だ。惣介にとってもありがたい。組屋敷に主水が住み込めば、日々の暮らしが窮屈になるのは必定だ。

盗み食いで飯櫃《めしびつ》を空にして、志織に小言を喰《く》らっている姿など、誰にも見られたくない。好奇心に溢《あふ》れ武家娘らしからぬ態度の鈴菜を、若い異人に会わせるのも気が進まない。

通い稽古なら、七日に一回、十日に一回、と間も置ける。同じ屋敷の中にいるとなれば、朝、昼、晩、毎度の食事が、指南の場になってしまう。

（非番も「あってなきが如し」ではないか）

なにがなんでも住み込みだけは避けたい。惣介はありったけの知恵を絞って、通い稽古の良さを主張した。だが主水は、

「師に教えを請い、一から手ほどきをしていただくからには、弟子としてお仕えせねばなりません。薪割り、水汲《く》み。まずそこから始めなければ、人の道にかなうとは思えませぬ」

と頑固に言い張った。

家斉は面白がっているばかりで、助けてくれなかった。そればかりか、惣介が切り札として持ち出した、

「末沢殿が我が屋敷に御逗留《ごとうりゅう》となれば、いくら隠しても、組屋敷の他の者たちに気づかれます」

という不都合を、

「三浦按針の血を引く者だ、と言えばよいではないか」

と、無理やり片づけた。その上、とどめのひと言までつけ足したのだ。

「せっかくの折りだ。惣介も英吉利の料理を習うたら良い。修業の成果が余の前に運ばれてくるのを楽しみにしておるぞ」

惣介は刀折れ矢尽きた。


非番でも遅番でも、大工の爽《さわ》やか極まりない挨拶でたたき起こされる身の上となって、七日目の卯月《しがつ》二十二日。

惣介は大事なことを忘れたような、落ち着かない気持ちで目が覚めた。

（いかん。寝過ごしたか）

焦って夜着を蹴《け》り飛ばし、布団の上に仁王立ちしたところで、今日が非番なのに気づいた。座敷は仄暗《ほのぐら》く少し肌寒い。襖を開けると果たして雨が降っていた。青葉雨と呼ぶのは気が引ける、陰気な冷たい雨だ。

「なるほど。それで職人は休みか」

久々に訪れた静かな朝を存分に享受《きょうじゅ》したはずだが、どうしたものか胸が騒ぐ。

（一心不乱に眠ったから草臥《くたび》れたのだ。腹も減っておるし……）

志織を呼んで何刻《なんどき》か訊こう、そう思った矢先、座敷の襖が開いて、志織がいつもの団栗《どんぐり》に目鼻の顔をのぞかせた。

「お前様。じき午《ひる》でございますよ。いい加減に起きて下さいませ」

おかしなもので、自身で寝坊をした、しくじったと思っていても、妻《さい》から咎《とが》められ急《せ》かされると面白くない。そのあたりをつらつら説いて聞かせてやろうと、布団の上に座り直したとき、玄関で隼人の声がした。

「それご覧なさいまし。寝起きの顔を片桐様に笑われればようございます」

上を向いた団栗鼻をひこひこさせて、志織が案内に立った。

（隼人のおかげで、志織の思う壺《つぼ》にはまった。どうせ、今度は仁が「ちっち」と言うたのなんのと、ひけらかしに来たのだ）

雑に身支度して、皮肉のふたつみっつも並べてやるつもりで表の間に出てみると、隼人は疲れた様子で、上がり框《がまち》に腰を下ろしていた。用件は双子の自慢ではなさそうだ。

雨の中を傘なしで走り回ったらしく、乱れた髷《まげ》からしたたり落ちた滴《しずく》が、三和土《たたき》に水たまりを作っている。草履も足も袴《はかま》も泥だらけだ。汗とも雨粒ともつかぬ水滴が、血の気の失せた頬を流れ、乾いた唇を湿して顎を伝っていた。

「惣介、非番のところをすまんな。先日話した松平外記のことで……」

切羽詰まった声音でしゃべり出したところで、志織が湯を入れた桶と手ぬぐいを持って戻って来た。惣介が身拵えしている間に取り揃えたのだ。

「片桐様。御髪《おぐし》をお拭《ぬぐ》い下さいませ」

まず手ぬぐいを渡し、それから足許に桶を降ろす。

「お急ぎなのは承知いたしておりますが、上がってお茶だけでも召し上がって戴きます。少しお休みにならねば、お風邪を召します」

有無を言わせぬ迫力だ。隼人は豆絞りを握ったまま座っている。志織の言うことに従うか、手ぬぐいを放り投げて外に飛び出すか、それすら決めかねるほど、草臥れているのだ。

「隼人、志織の指図に逆らうと、後々《のちのち》祟《たた》るぞ。茶はともかく、頭と顔を拭え。一刻を争う話なら、それからすぐに出よう」

惣介の出っ張った腹は、食うことに生涯をささげた台所人の誉れ、料理の研鑽を積んだ証、ではあるが、走る駆けるといった所作とはいささか相性が悪い。

それでも、隼人の頼みとあらば、雨の中へ飛びだす意気はある。

「いや……朝飯を食ったきり、休みなしに駆け回っておった。茶を振る舞うてもらえるならありがたい」

「どうりで。今にも立死《たちじに》しそうな態《てい》だ。ちょうど良い。俺もこれから飯だ。なにか作ってやるから、食いながら話を聞こう」

何が起きたかは知らない。が、隼人は俊足を駆使して走り回った挙げ句、万策尽き途方に暮れて訪ねて来たのだ。美味いものを食わせて、労《ねぎら》ってやりたかった。

「この間も、ちと触れたろう。西の丸書院番のいざこざだ。あれがひどくなる一方でな。外記はだいぶん追いつめられた心持ちでいるはずなのだ」

炉端で茶をひと口飲んで、隼人がようやく口を開いた。

泥はねだらけになった袴を、志織が奪い取って井戸端へ持っていったから、着流し姿だ。それでも髷を整え、袷《あわせ》が炉の熱で乾き、ようやく人心地ついたらしい。頬にも赤味が差していた。

「今夜は宿直ゆえ、なおさら辛かろう。軽く打ち合いの稽古でもすれば気が晴れるやもしれん。そう思うて、早朝から築地《つきじ》小田原町《おだわらちょう》の屋敷を訪ねた。ところが自室にはおらん。誰も知らぬうちに、行き先も告げずにふらりと出たらしい。てっきり道場に行ったのだろうと、そちらに回ったが来ていないと言われた」

「で、何やら胸騒ぎがして心当たりを捜し回った、と」

惣介は、志織が朝炊いた硬めの飯を笊《ざる》に入れて水で洗いながら、相づちを打った。竈《かまど》にかけた鍋には、取ったばかりの出汁が煮立っている。

「……まあ、そんなところだ。たぶん俺の考えすぎだろう。腹ごなしに近くをぶらつきに出た、くらいのことさ。今頃は屋敷に戻って、昼飯を食っているに違いない」

隼人は大げさに騒いだことを恥じるように、額を撫《な》でて薄く笑った。

そう信じたい気持ちはよくわかったから、「雨の中をそぞろ歩きか」と訊き返すのは止めにした。実際には、隼人の危惧《きぐ》を取り越し苦労と決めつけることはできない。幕臣同士のもめごとは、しばしば惨《むご》い結末に終わる。

四谷《よつや》の隼人の屋敷から築地小田原町まで、一里を超える距離だ。道場は中途にあるのだろうが、そこから雨に濡れてあちらこちら訊《たず》ね歩き訊ね走り、さらに諏訪町まで足を延ばしたのだから、如何《いか》な隼人でも、へたばって当然だ。

「ならばこちらも負けずに、たっぷり頂戴せねばなるまい」

努めて呑気《のんき》な声を出して、惣介は庭から取ってきた韮《にら》を、一寸ほどの長さにざく切りした。

(朝っぱらから惚《ほ》れた女と逢い引きだったやもしれんし、朝酒を飲みに出たこともあり得る)

酒と書院番と胸のうちに並べて、不意と二宮一矢《にのみやいちや》の顔が思い浮かんだ。

二宮一矢は昨年の暮れから今年の春にかけて、隼人と惣介が深く関わった本丸書院番だ。同輩との社交に疲弊《ひへい》して酒浸りになっていた。

「御膳所には御膳所の面倒がある。おぬしら添番は同輩や上役に加えて、奥女中とも渡り合わねばならん。城中のつき合いはどの役目であれ一筋縄ではいかぬが、書院番は格別に難しいからな。二宮一矢がよい見本だ」

「一矢の例《ためし》とは違うて、外記は番入り以来、延々と新参《しんざん》いじめに悩まされておる」

そう前置きして、隼人は外記を悩ませるいびりの数々を語った。

裃《かみしも》の紋所《もんどころ》を墨で塗りつぶされる、などは日常茶飯。冬には、刀の鞘《さや》に焼け火箸で穴を開けられ、先頃は、弁当を取り上げられ食われた上に、戻って来た重箱には馬糞が詰めてあった等々――どれも、城中に蔓延《はびこ》るやり口だった。

「いつも言うが、書院番は閑《ひま》を持て余しておる。それがいかんのだ」

同じ番士でも、小姓番は上様や世継様の世話で忙しい。添番は、小言の多い大奥の御女中たちにこき使われて、席の温まる暇《いとま》もない。引き比べて書院番は、城内の警護を掌《つかさど》るとはいえ、これといった業務がない。海の外はともかく城の内は至って長閑だ。儀式、行事の折り以外は、見回りの他、格別にすることもないのだ。

それでいて旗本の出世争いでは先頭を走る立場だから、どうしたって足の引っ張り合いが起こる。妬《ねた》み嫉《そね》みも間々ある。

「無事に苦しむ、というわけだ。添番の宿直で裏口の番役が回ってくると、夏は蚊に食われ放題、冬は体の芯《しん》まで冷えてかなわんのだが、『閑』がお役目というのも真っ平ごめんだなあ」

隼人の嘆息を背中で聞いて、惣介は、洗った飯をよく水切りしてから出汁《だし》に入れた。韮を加え、ひと煮立ちしたところで味噌を溶かし入れれば、韮雑炊《にらぞうすい》の出来上がりだ。

「韮は春先のものが一番美味い。柔らかくて香りも強いからな。けれど今頃なら今頃で、しゃきしゃきした歯触りが楽しめる」

惣介はひと言講釈してから、大ぶりの椀に注いだ雑炊を自分と隼人の膳に置き、鍋は自在鉤《じざいかぎ》に掛けた。椀からも鍋からも盛大に湯気が立ち上る。味噌と出汁の匂いに、韮の少し癖のある香りが和して、台所いっぱいに広がった。

「外記のことはひとまず措《お》いて、まずは腹ごしらえだ。たっぷりあるぞ。いくらでも代えて食え。十杯は食うが良いぞ」

「おぬしは、隙あらば俺を太らせようとする。そろそろ諦めるがいい」

ぶつぶつ言いながらも、隼人は雑炊を啜って、ほうと息を吐いた。

「旨《うま》いな。腹が温まる」

「外が明るくなってきた。食い終える頃には雨も上がるに違いない」

険しかった隼人の顔が次第に綻《ほころ》んでいく。惣介も嬉しくなって椀を重ねた。

志織の虜《とりこ》になった隼人の袴を諦め、並んで表へ出たのは八つ前（午後二時頃）であった。惣介の予想どおり雨は降り止んで、雲の合間から、夏らしい陽射しがこぼれている。

「ひとまず四谷に戻って袴を身につけ、それから西の丸をもう一度覗きに行こうと思うが、どうだ」

お汁粉を流したようになった通りを眺めて、隼人が言った。隼人の家は四谷伊賀《いが》町《まち》にあるのだ。

「それが良かろう。案外、外記は伊賀町を訪ねて来ておるやもしれん」

宿直の者の登城は、七つ（午後五時頃）と決まっている。まだ一刻半《いっときはん》（約三時間）近く先だ。それまでに外記の顔を見れば、隼人も安堵する。

（たとえ、とんとんと事が運ばなんでも、七つ過ぎてから西の丸に行けば、まず間違いなく外記に会える）

隼人の気が済むまでつき合ってやろう。そう決めたところで、雪之丞の小箱を思い出した。鮎の塩焼きに添えていった京漆器の塩入れだ。上手く頃合が合わず、あれを返しそびれている。

雪之丞は、有栖川宮家が支度してくれた結構な家を火事で焼け出され、しばらく諏訪町の組屋敷に仮住まいしていた。が、卯月の初めに新しい住まいを誂《あつら》えて引っ越した。今回も住み処《か》の場所をひた隠しにしたままだから、届けることもできずにいたのだ。ひょっとして、西の丸で出会《でくわ》すかもしれない。

「おぬしにも用足しが見つかって良かった。連れ回すのが気の毒になり始めていたのだ。この泥濘《ぬかるみ》だからなあ」

小箱を持って取って返すと、隼人がすまなそうに白い歯を見せた。

泥濘《ぬかる》む道だけではない。湿った町に西陽が降り注いで、辺りは温気に満ちていた。半町足らずの距離を往き来しただけで、首筋にじんわりと汗が滲《にじ》んでいる。本音を言えば、縁側で団扇《うちわ》を使うか、湯屋に飛び込むかしたい。

惣介が誘えば、隼人も外記を案ずる気持ちを無理やり脇に押しやって、湯屋につき合うだろう。

（そうして、茹《ゆ》だって溺《おぼ》れそうになるまで湯船に浸かり、糠《ぬか》と取り違えて軽石で体をこするわけだ）

そんな間抜けな姿は見たくもない。

「なあに。歩くのがちょうど良い腹減らしだ。これで夕餉がたんと食える。仁と信乃にも会える」

「うん。それだ。信乃と仁の愛らしい姿を見られるのだから、水溜まりを泳いでいっても損にはならんぞ」

せっかくの涼しい目元が、てれんと垂れた。親馬鹿に世辞は通じないのである。

（五）

「昨日、西の丸様が駒場《こまば》で打雉《うちきじ》をなされたが、外記はその拍子役を仰せつかっておった。たいそうな喜びようでな。番入り以来、面目玉《めんぼくだま》を潰《つぶ》されることばかりだから、ようよう一分《いちぶん》が立った、と思うたのだろう」

歩きながら、隼人が話を始めた。

「だが、この抜擢《ばってき》は古参の書院番の癇に障った。番頭、酒井山城守《さかいやましろのかみ》様の耳に、外記をあしざまに罵《ののし》る讒言《ざんげん》が、さんざっぱら届いて、外記は拍子役を辞退せざるを得なくなった。おまけに……」

いつもいびっている若輩者が晴れがましく馬に乗り、自分たちは徒歩。面白くない気持ちはわかるが、そこを堪えて務めるのも禄の内だ。それを、上役に嘘の悪口《あっこう》を吹き込んだだけで足りずに、まだつづきがあるらしい。

「外記が拍子役に起用されたのは、父親の松平頼母《まつだいらたのも》殿が、西の丸様のお側に仕える小納戸番の役目を利したからだと、勝手な噂まで流す始末だ」

親の名、ひいては家名まで汚す嫌がらせだ。阿漕《あこぎ》にもほどがある。隼人が外記の今夜の宿直を危ぶむのも、もっともだと得心がいった。

「尋常《じんじょう》ではないな。新参者とはいえ、そこまで痛めつけられ嘲弄《ちょうろう》されるのは、まず聞かん話だ。おぬし、外記は短慮だと言うたろう。番入りしてすぐに、何かよほどのことをしでかしたのか」

「ふむ、それさ……まあ、惣介も外記に会うてみればわかるだろうが……」

隼人は言葉を濁して口をつぐんだ。泥濘を進む足が少し速くなった。

四谷伊賀町の隼人の屋敷が近づくと、門の傍に出仕用の半裃を身につけた侍が立っていた。

「やれやれ、心配させおって。惣介、あれが松平外記だ」

隼人が深い息を吐いた。米俵を十ほども肩から降ろした――そんなため息だ。隼人の不器用な情の濃さは、際限なく他人の痛みを背負い込むことにつながる。それは隼人自身を振り回し苛《さいな》む。ほどほどにしておけと諭《さと》したいが、言えば「異なことを。俺は薄情者だぞ」と、おのれが見えていない頓馬《とんま》な答えが戻ってくるだけだ。

「朝、屋敷を訪ねて下さったそうですね。留守にしておって、すまないことをしました」

走り寄った隼人に、外記が軽く頭を下げた。よく鍛え上げた体に、凛々《りり》しい眉と鋭い目つきの男前だ。が、将棋の駒を逆さにしたようなえらの張った輪郭と薄い唇のせいか、強情そうな感じがする。

「なに、道場へ出向くついでに、ちと誘いに寄ったまでだ。おぬしの出仕前にひと勝負、と思うてな」

「それは惜しいことをいたしました。わたしもずいぶん腕が上がりましたから、そう簡単には負けませんでしたろうに」

「生意気なことを言う。是非近いうちに手合わせ願おう」

隼人の誘いに笑顔を返して、外記は惣介を見た。

「鮎川惣介殿ですね。隼人さんから、お噂はかねがね」

「さて、どんな噂がお耳に届いたか存ぜぬが、毎食、丼飯《どんぶりめし》を十杯食うと聞かされたのなら、それは嘘ですからな。五杯が精々だ」

惣介の言葉に、外記はにやりとして地面に目を落とした。

(旗本らしからぬ、良い男ではないか)

隼人から短慮と聞き『会うてみればわかる』と言われたが、周りから疎《うと》んじられる人柄とは思えない。惣介は腹のうちで首をひねった。その矢先だった。

隼人の家の傾いた門が、ぎぃと音をたてて開いた。隙間から、頭の天辺の髪を根元で結んで奴《やっこ》にした、あどけない顔が覗く。黒目勝ちな丸い目が、興味津々《きょうみしんしん》の態で輝いていた。信乃だ。

「ちっち」

お跳《は》ねのちびさんは、回らぬ舌で父親に呼びかけると、おのれの足の長さより高い蹴放《けはな》し（門の敷居）を、四つん這いになって乗り越えにかかった。

危なっかしさに、隼人が腰をかがめて受け止めようとする。それより一歩早く、隼人の妻、八重が後ろから信乃を抱きかかえた。利かん坊が企てた壮途《そうと》は、早々と仕舞いになった。

武家地は人通りが少ないとはいえ、ときには馬が通る。大八車も通る。荒《すさ》んだ気持ちの野良犬もやって来る。よたよた歩く幼子《おさなご》にとって、屋敷の外は命に関わることばかりだ。信乃も仁も、門から出ることはきつく止められているに違いない。

気の毒にお目玉を食らうな。そう思って笑いをかみ殺したところで、鋭い声が飛んだ。

「いけませんな。ご新造《しんぞう》。心が弛んでおられる」

思いがけないことに、叱られたのは信乃ではなく八重だった。しかも声を上げたのは、隼人ではなく外記だ。

「歩き初《そ》めて間もないお子ですぞ。いっときも目を離さず見守る、それがご新造のお役目でしょう。役目をぞんざいにしておられるから、危うい目に遭わせてしまうのです。覚悟が足らぬの一語に尽きる」

しゃべっているうちに怒りが増してきたようで、こめかみに浮き出た青い筋が、むくむくと太さを増した。

誤りとは決めつけられない。が、達者に動き回る二歳児を『いっときも目を離さず見守る』のは、言うほど易くない。炊事洗濯は無論のこと、おのれの身繕いもままならない。厠《かわや》にすら行けない。

子育てを知らぬ者の空論だ。思うと同時に口から言葉がこぼれた。

「お説ごもっともではある。しかし、頑是《がんぜ》ない童《わらべ》のしたことだ。幼子は悪戯や失態をしでかし、叱られ、それで物事の是非を学んでゆくことも……」

「笑止。犬猫や町人の子ではあるまいし。武家の子弟ならば、ことの理《り》非曲直《ひきよくちよく》くらい説いて聞かせればわかる。幼くともそのくらいの賢さと矜持《きようじ》はあって然るべきだ。歯に衣《きぬ》着せず申し上げるが、日頃の庭訓《ていきん》が行き届いておらぬから、わたしが苦言を呈する羽目になったのです」

話が片桐家の躾《しつけ》に及んで、惣介は引き下がった。

信乃を連れにきたのが八重ではなく、自負心が小袖を着たような隼人の母、以知代であったなら、論戦はさらに火花を散らしただろう。八重とて、叱ったのが隼人か惣介なら、皮肉の針が刺さった鋭いひと言を返して寄越したに違いない。眉目麗しいが気性の激しい女《ひと》だ。おまけに、日々、姑と舌戦を繰り返し、舌は存分に鍛えである。だが、相手は客だ。

八重は黙したまま隼人を見た。隼人も目顔《めがお》で頷いた。

「松平様。仰せのとおり、わたくしが不調法《ぶちょうほう》でございました。至らぬことで恥ずかしゅう存じます。この先は心を引き締め、このようなことが二度と起こりませぬよう、精いっぱい努めまするる」

深々と頭を下げる八重の腕で、信乃がぶうぶう泡を飛ばしてもがいていた。母親に代わって言いたいことが多々あるらしいが、如何せん語彙《ごい》が足りない。

「わかって戴ければ良いのです。わたしも門前で声を荒らげた甲斐がござった」

いや『わかって戴ければ』良かったのは、おぬしだ——喉《のど》まで出かかった言葉を、惣介は苦心して腹に収めた。それでもなお、納めておけない問いは残った。

「おぬしは、城中でも先程のように、おのれの考えをきっぱりと言い放つのか」

「城中ならば尚のことです。武士は民の手本となるべき立場です。厳しく行いを律し、お役目にあたっては、誠心誠意、励まねばなりません。慣例だ、習わしだ、と自らを甘やかし、自堕落な態度でいては、民の信を得られません。幕臣が弛んだ姿を世間にさらしておれば、ご公儀の礎《いしずえ》を揺るがすことにもなる」

長広舌を終えて、外記は惣介の腹をちらりと見た。正論だ。耳が痛い。自分の突き出した腹が、日々、民の不信を招き、幕府の根太《ねだ》を腐らせている——そう指摘されれば、返す言葉もない。

(間違うてはおらんが、いま少し親切な言い様もありそうなものだ。武士とて生身の体だ。年がら年中、緊張してはいられん)

腹回りの縮む思いでうなだれるのと一緒に、惣介は、外記が書院番仲間から忌み嫌われた理由《わけ》を察した。

できないのか、するまいと決めているのか、この男は場を読むことも、相手の取り様を慮《おもんばか》ることも、一切しないのだ。

間違っているとみれば、誰に向かってもそれをきっぱりと指摘する。率直で潔い、と褒めることもできるが、声高に詰《なじ》られた側は、大なり小なり辛い思いをする。中には根に持つ者も現れる——西の丸書院番の同輩たちのように。

石頭で惣介にやたら説教を喰らわす隼人も、添番の詰め所では正面切って同輩を非難することはない。大上段に構えた理屈を述べ立てたりもしない。

良し悪《あ》しはさておき、それが、今の世を渡る武士の、上っ面のつき合いだ。

「それにしても、おぬし……」

隼人が取りなす声音で、話を変えた。

「ずっと門前で待っていたのか。上がっておれば良いものを」

「いえ。そう長く待ったわけではありません。近くまで来たところで、雨が上がりましてね。東の空に大きな虹が出たのです。つい見惚れてときを過ごしました」

外記の目がくるりと丸くなって、稚気がのぞく。

「たいそう見事でしたよ。いや、虹ばかりではない。空も風も雨もこれほど美しいとは、今日まで気づきませなんだ。もったいないことをした」

「おぬしはまだ若い。空も風も雨も、この先、いやと言うほど眺められるさ。それより、まあ上がれ。大した物はないが、茶菓を馳走しよう」

「ほんに。お訪ね下さったのにも気づかず、ご無礼いたしました。奥は子らが散らかしておりますが、表は片づいております。到来物の枇杷《びわ》もございますよ」

「まんま、まんまんまんま」

隼人と八重が口を揃えた上に、信乃までも加勢したが、外記は首を横に振った。

「そろそろ屋敷に戻って、登城の支度を整えねば」

なるほど。御家人なら独り歩いて城に上がれば済むが、旗本となると供揃えがいる。面倒な話だ。隼人はえらくがっかりしたようだった。外記の胸に溜まった怒りや鬱屈《うっくつ》を、少しでも吐き出させてから出仕させたかったのだろう。

「……ならば仕方がないな。だが近いうちに、是非また訪ねてくれ。さて、それにしても、今夜の宿直は気が重かろう。代われるものなら、代わってやりたいが」

「お気遣いには及びません。父について嫌な噂が立ったことも、考えるのは止めました。善きも悪しきも七十五日、と申しますからね。そもそも、世間の目を気にしていては、おのれの進むべき道も見極められなくなる」

情のこもった隼人の言葉を受けて、外記の声は穏やかだった。

「それが良かろう。雑音には耳を貸さず、お役目に励むことだ。古参の同輩は、早晩、他のお役目に移る。隠居する者もでる。いや、それより何より先に、おぬしが出世を果たす。今しばらくの辛抱だ。流れは変わる」

「澱《よど》みにも流れがある——そうお考えなのですね」

「うむ。市中の掘割《ほりわり》の水さえ、いずれは大川《おおかわ》へ注ぐ。大奥を囲む木々も、十年一日同じ場所にあるが、日々刻々わずかずつながら様子が変わる。木々に比べれば、人の立場なぞ、めくるめく早さで変わってゆくぞ」

「生々流転《せいせいるてん》（万物は永久に生き死にを繰り返し、絶え間なく形を変え移り変わる、の意）を、そのように捉えますか。片桐さんらしいな」

外記は感じ入った様子だったが、隼人のほうは戸惑った風で、曖昧に笑って鬢を掻いた。――そこまで壮大な話じゃないさ。俺が言いたかったのは『待てば甘露《かんろ》の日和あり』ってことだ――隼人が胸のうちにしまい込んだ返事が、聞こえる気がした。

「この先、世がどう変わってゆくかはわかりません。ただ、今は、ご公儀のために、わたしができることをする。そう決めています」

さっぱりした声音で言い切って、外記は軽く頭を下げた。立ち去りかけて、ふと思いついたように足を止め振り返った。

「西の方角がすっかり明るくなりましたよ。明日は必ずや、真っ青な夏空が広がりましょう」

朗らかな笑みを残し、今どきのこの国ではあまり分の良くない理屈屋――外記は、足早に遠ざかっていった。

「ああして笑っているのだ。滅多なことはあるまい」

外記のぴんと伸びた背中を見送って、隼人が大きく息を吐いた。

「うん。おぬしの親身な気持ちは、ちゃんと伝わったはずだ」

他人が心の奥底にどんな思いを隠しているかはわからない。かといって、大の男に張りついて回ることもできない。見守り、声をかけ、話を聞く。周囲ができるのはそれだけだ。あとは、てんでに、自らの力で苦しい場面を乗り越えねばならない。

「惣介。俺の思い過ごしで、おぬしを引きまわした。上がって枇杷でも食うてくれ。母が拵えた白瓜《しろうり》の漬け物もある」

初物尽くしの誘いを断る理由はどこにもない。隼人の母、以知代が作る瓜漬けは、幼い頃からの好物だ。惣介は隼人の後につづいて、門をくぐった。


隼人の家の炉端で半刻《はんとき》（一時間）ほど過ごして、以知代の瓜漬けをあるだけ平らげた。信乃に「おじたん」を憶えさせようと、散々骨を折って嫌われた。汁気の多い大ぶりの枇杷を二つよばれ、帰りの駄賃の三つ目をもぐもぐやりながら表に出たら、西の空は蜜柑色《みかんいろ》に染まっていた。

「すっかり馳走になった。おかげで晩飯もたっぷり食べられそうだ」

水菓子のほんのりした甘みを楽しみながら暮れなずむ空をながめると、生きている幸せがほのぼのと胸に沁《し》みた。色の褪せた小袖と袴に着替え、仁を抱いて目尻を下げている隼人に目をやれば、今日このひとときが、ひたすらに愛おしかった。

「呆《あき》れた奴だ。うちで食い散らかしたのだから、夕餉の飯は丼一杯で止めておくがいい」

「ふん。瓜漬けと枇杷はおやつ。夕餉とは別腹だ」

「気づいておらぬようだが、おぬしが食った三つ目の枇杷は、俺の分だったのだぞ。枇杷で腹がくちくなって晩飯の量が少しでも減れば、惣介のためになる。そう思うたから、黙って食わせてやったのだ。二杯以上丼飯を食う気なら、枇杷をひとつ返せ」

「おあいにく様。三つ目もとっくに腹の中だ。種なら残っている。返してやるから庭に播《ま》いて、育ったら好きなだけ実を食うがよかろう」

石頭だけで足らず、妙なところで細かい奴だ。器には枇杷がまだ五つあった。遠慮せずに、全部食べてやればよかった。

「そんなことより、隼人。俺はこれから登城して、雪之丞がおれば借り物を返してくる。ついでに、西の丸書院番の番所ものぞいてこよう。外記が出仕して、落ち着いておるのがわかれば、おぬしも気が休まるだろう」

そう言い終えたところへ、五十がらみの侍が門を入ってきた。旗本の家臣らしく、袷の着物に土器茶色《かわらけちゃいろ》の単衣《ひとえ》紋付きを重ね、袴の股立《ももだ》ちを取っている。

羽織に負けないほど土気色になった顔色に驚かされた。同時に、ただよってきた臭いで、侍が外記の家の家臣だと知れた。

片づいたら片づいているなりに、散らかり放題ならその有様《ありさま》をうつして、大名屋敷から裏長屋まで特有の臭いがする。臭いはそこに住む人皆に染みついている。惣介ならずとも、少し臭いに敏感な者なら、気づくことだ。

「お話のところをご無礼つかまつる。それがし、松平家の用人にて、尾藤梅三郎《びとううめさぶろう》と申します。こちらに当家の若殿が……」

皆まで聞かずに、隼人は仁を下ろし袴の股立ちを取った。

「八重、刀を頼む」

奥に向かって張り上げた声が険しかった。八重が、間もおかず大小を運んできて、おびえた顔で父親を見上げていた仁を抱き上げた。

「半刻以上前に、御屋敷に向かわれたのだが。まだお戻りではないのですか」

尾藤の切羽詰まった様子を見れば、訊ねるまでもないことだった。が、惣介は問いかけに一縷《いちる》の望みを託した。「いいえ、戻られて出仕されたのですが、巾着をどこかに忘れてきたとのことで」とか何とか、拍子抜けの返事が聞けるかもしれない。

「はい。一向にお戻りがなく、皆で手分けして捜しております。少々事情がござって、昨日来、常にないことばかりなされて」

惣介と隼人が打雉の一件をどこまで知っているからうかがう態で、用人は言葉を濁した。その間に隼人は刀を身につけ終えていた。

「宿直が煩《わずら》わしくて、どこぞで遊んでおられるのやもしれませんぞ。馴染みの見世をご存じか」

尾藤にというよりは、隼人に向けた問いだった。外記は出仕を怠けることで、書院番を罷免《ひめん》されようと目論《もくろ》んでいるのではないか。同輩の質《たち》の悪さを考えれば、賢い選択だ。

「生真面目なお方で遊びのほうはとんと……実は」

尾藤は微かにためらったあと、言葉を継いだ。

「昼餉《ひるげ》の後、それがしが若殿に『明朝のお迎えはいつもどおりでよろしゅうございますか』と伺いましたところ、『迎えは要らぬ。おそらく駕籠《かご》で退出することになろう』と仰せでした。てっきり戯れ言と決め込んでおったのですが……」

急な病でもなく体に不自由もない旗本が駕籠で下城するとすれば、それは殿中で罪を犯し取り押さえられた結果である。退出に使われるのは平川《ひらかわ》御門であり、駕籠の中身は罪人か、さもなければ骸《むくろ》だ。

隼人がかっと目を見開くと、飛ぶ速さで走り出した。城に行くつもりらしい。尾藤が後につづいた。

「隼人のことはご案じめさるな。必ずや無事に連れて戻る」

頰の青ざめた八重にひと声かけて、惣介も泥濘を駆け出した。水溜まりに足を取られかけた刹那、七つの鐘が鳴り出した。陽が雲にさえぎられ、幕が引かれたかのように行く手が陰った。

（六）

団子が転がるように駆けて駆けて、西の丸の近くまでたどり着いたときには、背中が汗でむず痒《がゆ》くなっていた。袴どころか袷まで泥が跳ねて、草履と足は下手くそな左官が塗った土壁みたいな有様だ。

だが、取り乱しているのは、惣介の風体《ふうてい》と胸のうちばかり。西の丸表門周辺は平穏だった。

空には墨色に縁取られたあかね雲が広がり、西陽がじりじりと泥道を照らしている。そうして、むっとする温気《うんき》の中を、役目を終えた幕臣が三々五々下城してゆく。常と変わらぬ夏の夕刻の景色だ。隼人の姿も見当たらない。

（やれやれ。蛇が出るのを案じたが、蚊も出ずに済んだ）

胸をなで下ろすと、四谷から走りつづけた疲れがどっときた。足は金棒のように重くなり、腹の虫がしくしく泣いている。

（このままでは行き倒れる。早う隼人を見つけて、蕎麦《そば》でもおごらせよう）

そう決めて金棒になった足を踏み出した刹那、惣介は生ぬるい風の中に濃密な血の臭いを嗅いだ。西の丸の城中から流れてくるそれは、一人かそれ以上の者が命を落としたと疑える濃さだった。

中で何か起きたのは間違いない。だが大方の者は何も知らずにいるのだ。いの一番に隼人の安否が気づかわれた。

（外記の刃傷沙汰《にんじょうざた》に巻き込まれたのではあるまいな）

西の丸の空き座敷に独り血を流して横たわる隼人。その姿が現《うつつ》のごとく目に浮かんで、首の後ろがさあっと冷たくなる。惣介は震える膝《ひざ》に手を置き、一歩一歩踏みしめるようにして、西の丸御台所門へ足を向けた。

去年の春、惣介はしばらく西の丸御膳所で台所人を務めた。おかげで顔見知りもいるし、御膳所からなら人目につかず西の丸を歩き回ることもできる。

（雪之丞に行き合えば、事情がわかるやもしれん）

ついつい雪之丞の地獄の早耳をあてにしていた。普段なら見たくない四角達磨の顔が慕わしく思えてくるのだから、我ながら調子がいい。

お世継ぎ様の夕餉の支度に大車輪——当然そのはずと決め込んでのぞいたが、西の丸御膳所の面々は誰も料理をしていなかった。台所人たちは、湯気をあげる鍋釜を放り出してひと所に集まり、西の丸書院番番所につづく廊下を眺めてひそひそと話をしている。

「おい、せっかくの鰹出汁《かつおだし》が、吹き上がっておるぞ」

惣介の声に、皆が一斉に振り返った。

「これは鮎川様。今さっき……」

若い野添百太郎《のぞえももたろう》が、ほっとした声音でしゃべりかけてから、周囲の顔つきを読んで黙り込んだ。西の丸御膳所で、いや城中の至る所で何度も出会してきた、「口は禍《わざわい》の門。面倒なことには関わらないのが得策」の思いを雄弁に語る沈黙だ。

「夕餉の支度が後回しになるとは、よほどのことが起きたようだな、野添」

「え、いえ……ただ、桜井雪之丞殿が連れて行かれたのです」

この手の黙《だんま》りを打ち破るなら、怖じ気づいた固まりを独り独りに分けるに限る。

惣介は、西の丸御膳所の内でも、特に強い関わりのできた若手三人に、次々と声をかけていった。

「誰がどこへ連れて行ったのだ、小野寺《おのでら》」

「確《しか》とは存じませぬが、書院番の方々が、おそらく番所へ」

「杉谷《すぎたに》、雪之丞は何か言うておったか」

杉谷太一《たいち》は三人の中で、一番上っ調子で向こう意気も強い。一歩踏み込んだ話があてにできた。

「えーとですね。『本丸御広敷御膳所の鮎川惣介はんに、雪之丞が今日の夕刻、食べたら当たるような河豚《ふぐ》汁を振る舞うたぁ、言うてみておくれやす。そんな阿呆《あほ》な、て笑い飛ばさはりますよって。それで濡れ衣は晴れますやろ』と叫び散らしながら、引きずられて行きました」

格別、雪之丞を案じる風もなく、杉谷はにやついた。

「京訛《なま》りの真似が上手いな」

「へへっ。雪之丞殿は、よほど鮎川様を頼りにしてるんですねぇ」

頼りにされている、というより、いいように振り回されている、が近いわけだが、それを杉谷に説いて聞かせている場合ではない。

「誰か、雪之丞が河豚かそれらしきものを料理しているところを見たか」

杉谷が、どうする、と問いかけるように野添を振り返った。野添はしばし考える風でうつむいていたが、やがて真剣な顔で惣介を見据えた。

「桜井殿は河豚料理など作っていませんでした。書院番の旗本連中は、登城前に余《よ》所《そ》で河豚汁を食べて、食あたりを起こしたのでしょう。外聞の悪い話だから、桜井殿に責を負わせて面目を保つ心算のようだ」

河豚は毒を持つことから下の魚とされる。城中の膳に用いられないのは無論のこと、武士が食したことが公になれば、御奉公にささげるべき命を河豚料理ごときのために粗末にして情けない、と蔑《さげす》まれる。長州《ちょうしゅう》藩では、河豚を食べたことが知れると、家禄が召し上げになるほどだ。

「申し上げにくいが、書院番ご一同が口裏を合わせ、算段どおりに桜井殿の所為で片づきそうなら、俺たちも黙《もく》するよりありません」

もっともな言い分だった。

野添たちはこれから二十年、三十年と城中で役目を果たさねばならない。旗本、それも共謀して人を陥れることを何とも思わない旗本に遺恨をもたれては、先々まで厄介がついて回る。そこまでして、雪之丞を助ける義理はない。

「ようわかった。俺は必ずや書院番連中の目論見を潰してやる。そうなったら、合力を頼む」

「言わずもがな。それがしも小野寺も杉谷も、桜井殿の潔白を証立《あかしだ》ていたしましょう」

書院番たちが河豚汁に隠したがっているのは、食あたりどころではない、遥かに血生臭い話らしい――と打ち明けるのは止した。これ以上、尻込みされては困る。

「約したぞ。忘れんでくれよ」

言い置いて御膳所を出ると、惣介は血の臭いを追って、薄暗くなった廊下を西の丸表に向かって進んでいった。

城内は静かだった――静かすぎた。下城の時刻をとおに過ぎたとはいえ、まだ暮れ六つ前だ。にもかかわらず、行き交う者もなく、両側の襖はどれも閉《た》て切られている。そうして、歩を進めるごとに、汚臭《おしゅう》が強くなる。

流れ出た血液も大きな刀傷も、拭き取らずに置き、手当てせずに置けば、鼻をつく腐臭を放つ。

（いくら保身のためでも、怪我人を手当てもせず放り出したりはするまい……）

となれば、傷を負った者は皆、息を引き取った勘定だ。

身震いとともに肌が粟立《あわだ》った。しゃがみ込みたくなるのを堪《こら》えて〈蘇鉄《そてつ》の間〉の脇まで来ると、わずかに襖が開いて白い顔がちらりと出た。が、誰かと問う間も顔の造作を見極める隙《ひま》もなく、襖はぴしゃりと音を立て、中で息をひそめる気配だけが残った。

声をかけて襖を開けたものか、知らぬふりで行き過ぎたものか、立ち止まって迷っていると、夕明かりに照らされた中庭の向こうで、誰かが怒鳴り始めた。

「え〜い、しつこい。用人風情が。分をわきまえぬ痴《し》れ者め。二階には千石を超える旗本が病に伏しておられるのだ。お前ごとき下々の者を通すわけには行かぬ。諦めて早う去《い》ね」

「重篤な病人が出ていると仰《おつしや》るなら尚のこと。ひと目で構わぬのです。若殿にお目にかかりたい。それがかなわぬのでしたら、若殿より『帰れ』と一筆、頂戴つかまつりたい。何卒《なにとぞ》、御二階にお伝え願えませぬか」

懇願の声が被《かぶ》さるように響く。松平家の用人、尾藤だ。とすれば、声を荒らげているのは書院番の誰かに違いない。思わず駆け寄ろうとしたところを、後ろからたいそうな力で引き戻された。頑丈な腕がにゅっと出て惣介の口を覆った。

「黙って歩け」

耳元で隼人が言った。

引きずられるようにして、血の臭いが格段に濃く臓物の臭気さえただよう中庭を横切り、この中庭を二つに隔てる板塀に設けられた戸をくぐり、書院番番所とは逆側の外廊下に落ち着いた。そこで隼人はようやく口を開いた。

「どうやら、ことは書院番番所の二階で起きたようだ。階段から外廊下にかけて、滴り落ちた血の跡が残っていた」

外記を案じて顔つきは暗かったが、声音は沈着だった。

「辺りには誰もおらなんだ。すぐ番所の二階に駆け上って仕舞えば、起きたことを確かめられたろう。ところが、尾藤が止める間もなく、番所に声をかけてしもうてな。俺は素知らぬ顔でその場を離れるのがやっとさ」

隼人は苦い顔になったが、惣介としては尾藤に礼を言いたい気持ちだった。たとえそれなりの言い分があっても、御家人が旗本の番所、それも休息の場である二階に乱入しては、ただでは済むまい。

「雪之丞がこちらのほうへ連れてこられたはずだが、見なんだか」

「〈蘇鉄の間〉に押し込まれるのを見た」

惣介は黙して腕を組んだ。

〈蘇鉄の間〉から雪之丞の声は聞こえなかった。ただ座敷に座っているだけなら、あの口先男が黙るはずもない。しゃべれない事態になっているのだ。さすがに少々心配になった。早く助け出してやったほうがよさそうだ。

「おぬしが俺を力尽くで引き留めたわけはわかった」

直に関わりのある用人ならまだしも、本丸の御家人である惣介や隼人が怪しんで動いていると知れば、書院番たちの守りは蛤《はまぐり》の口ほども堅くなるだろう。

「わからんのは……」

つづきを口に出しかねて、惣介は隼人の顔色をうかがった。

「惣介らしくもない。気遣いは無用だ。外記は自害したか、刃傷沙汰を起こして取り押さえられたか——命を粗末にしおって、たわけめ」

「……ふむ。そうだとして、書院番の連中はなにゆえ病だの食あたりだのと、嘘の皮の段袋《だんぶくろ》に、ことをぎゅうぎゅう納めようとするんだろうな」

外記が殿中で流血沙汰を起こしたなら、責めを負うのは当の外記と父親の松平頼母だ。書院番たちは、あったことをそのまま御目付に申し出るだけで、目障りでならなかった外記を片づけられる。下手に嘘の届けを出して露見したときには、自分たちまでお咎《とが》めを被る。

せっかく外記父子が飛んで火に入ったのだ。火の粉をかぶる危険を冒してまで、それを隠そうとする意図が読めない。

「まさに。俺は何が起こったか知ろうと焦るだけで、その不思議にとんと気づかなんだ」

隼人はおのれに腹を立てて唇を噛んだ。

「なに、同じことさ。まずは顚末《てんまつ》を見聞きした者を捜すまでだ」

一部始終を見届けた上で、とばっちりを嫌って下城した幕臣が大勢いたに違いない。だから西の丸は、潮が引いたように人気《ひとけ》がなくなっているのだ。が、引き上げ損ねて、閉《た》て切った襖や障子の陰で成り行きに息を凝らしている輩《やから》もきっといるはずだ。

「手始めは……」

惣介は隼人に目で合図を送って立ち上がり、外廊下に沿って並ぶ襖のひとつに手をかけた。隼人も忍び足で他の襖に寄った。

この辺りには、西の丸坊主衆の詰め所が並んでいる。

坊主衆は城中で諸大名、諸役人に茶を運び、世話を焼くのが仕事だ。扶持《ふち》は二十俵ほどだが、給仕の手を抜いて、大名旗本を困らせることもできる。役目柄、幕政に関わる話を小耳に挟むことも多い。結果、付け届けに慣れ利に敏《さと》く、噂や内緒ごとを嗅ぎ回るのが習い性だ。

板塀一枚隔てた所で騒動が起きたのだ。当番の坊主衆は物音を聞いただろう。好奇心に勝てず、板塀の戸を開けて、塀の向こうの様子をうかがったかもしれない。仕舞いまで見届けたい——その一心で詰め所に残った者がいたなら、今し方の惣介と隼人の会話も、襖に耳を押しつけて聞いたに違いない。

息を止め、隼人と間合を合わせて襖を開いた。

座敷はふたつとも無人だった。惣介の開けた襖の傍には、書物が開いたまま伏せてあり、文机《ふづくえ》の上にはすりかけの墨がまだ濡れて光っている。詰めていた坊主たちは、すべて放り出して逃げるように下城したのだ。

同じことを二度繰り返すと、残った座敷はひとつになった。板塀の戸口に向かい合ったひと間である。耳を澄ますと座敷の奥で微かな物音がする。当たりだ。惣介が襖を引き、開いたところに隼人が立ちふさがった。

「な、何も見てはおりません。本当に本当でございます。わ、わたしは嘘と髪は結ったことがないんですから。どうぞ、どうぞ、お目こぼしを」

鼬顔《いたちがお》の若い小坊主が、衝立《ついたて》の陰から頭だけ出して震えていた。日頃、付け届けに気を遣い、へりくだって接し、それでも坊主衆に難癖をつけられている大名、旗本の家来たちが見たら、快哉《かいさい》を叫びそうな姿であった。

（七）

「板塀の向こうで金切り声がしたので、何ごとかと戸を開けてのぞいたのです。そうしたら、書院番の神尾五郎三郎殿が階段を転がり落ちてきましてねぇ」

小坊主は、惣介と隼人の素性を細かく訊き、ふたりの大小を預かり、さらに惣介に茶を所望して、ようやくしゃべり出した。

「逃げるところを、松平外記殿に、背中からばっさり一太刀浴びせられたんでしょうな。下帯さえ落ちた素っ裸です。尻こぶたにできた三寸ほどの傷から血が流れて足を伝ってました。どうにか〈蘇鉄の間〉の前までよたよた進んで、六尺（下働き）の源太郎《げんたろう》にすがりつきましたよ……茶をもう一杯、入れて戴けますかな」

さっき『何も見てはおりません』と言い、『嘘と髪は結ったことがない』と誓った舌が、楽しげにころころとよく回る。隼人がその気になれば、座敷の隅に置いた脇差しをひとっ飛びにつかんで小坊主に引導を渡すくらい、朝飯前だろう。そう思うと、安心しきって茶を啜っている様子が哀れになった。

他の書院番とともに外記をいびっていた神尾五郎三郎も、神尾のみじめな姿を得々と語る小坊主も、それを聞いている惣介自身も、災禍が我が身に降りかかるまでは、おのれだけは大丈夫と高をくくっているのだ。

(そうせねば、浮き世のすべてが恐ろしゅうて、起居《ききょ》もままならんしなぁ)

惣介が独り思いにふけっているうちも、小坊主は講釈師顔負けの勢いで話しつづけていた。

「それから、川村清次郎《かわむらせいじろう》殿、伊丹七之助《いたみしちのすけ》殿、小尾友之進《おびとものしん》殿と次々に階段を走り下りてきましたねぇ。どなたかが一階の番所に走り込みながら『外記が乱心だ。本多《ほんだ》殿と戸田彦之進《とだひこのしん》は殺《や》られた。間部殿と沼間右京も駄目やもしれん』とキイキイ声でわめいたもんですから、近くにいた他の役目の方々も、慌てふためいて下城して行かれました。わたしは、こうして居残りましたけれども」

残って事態を見守ったおのれの胆力を誇るように、小坊主は小鼻を膨らました。この坊主の仔猫《こねこ》のごとき物見高さのおかげで、起きたことの大方がつかめたのは確かだ――そう思ったから、惣介は、空になった湯呑みに三杯目の茶を汲んでやった。

「むう。これはちと冷めておりますな。御膳所の台所人ともあろうお方がこんな茶を入れているようでは、うろたえ逃げ惑う書院番のお歴々と五十歩百歩ですな。ほっほっ」

人の厚意を鼻で笑って、小坊主は手入れの行き届いた白い指を、顔の前でひらひらさせた。

「まあ、ようございます。で、書院番のお方たちはといえば、一階の番所やら、〈蘇鉄の間〉やら、散り散りばらばらに隠れたばかり。二階に上がって立ち向かう気合もございません。それから、外記殿が悠然と階段を降りてきました。手にした一尺三寸ほどの抜き身から、ぽたりぽたりと血が滴り落ち、ご当人も総身に返り血を受けて、そりゃあもう凄《すさ》まじい態《なり》です。身の毛がよだつとは、あのことで——」

「外記は手傷を負うてはおらなんだのか」

「それは考えられませんな。二階から逃げた方々も、一階にいて隠れた方々も、脇差しひと振り持っちゃいないんですからね。七つ過ぎだというのに、どなたも早々と白衣《しろぎぬ》の寝支度で。警護のための宿直だってことをお忘れだったんでしょう」

クスクス笑いながら隼人に目を向け、小坊主はひっと小さな声を上げて真顔になった。隼人の全身に滾《たぎ》る悲憤《ひふん》の念をようやく感じ取って、面白半分に話すことではないと思い至ったようだ。

「そのあと外記はどうした」

自分が小坊主を怯えさせたのも気づかぬ風で、隼人はぐいと膝を乗り出した。

「ぞ、存じません。本当でございます」

「さっきもそう言うた。だが、嘘だった」

「こ、今度こそ本当に本当です。外記殿は、中庭の端にある手水鉢《ちょうずばち》の水を飲んで、わたしのほうをちらりと見たのです。今のそこもと同じような目つきでしたよ。それですから、わたしは慌てて戸を閉めたんです。嘘じゃぁない」

小坊主は言葉づかいを改め、体を縮めて、またがくがくと震え出した。暮れ六つの太鼓が鳴り始めた。


西の丸書院番の不甲斐なさを、さんざ聞かされたあとで、弱音を吐くのは恥だ。重々承知だった。が、大股でぐんぐん進んでは襖を開けて回る隼人に、小走りでつき合ってしばらくすると、どうにも辛抱できなくなった。

西の丸御殿とて大名屋敷をしのぐ広さがあるのだ。おまけに、瓜漬けと枇杷をみっつ食べて以来、何も口にしていない。

「隼人、そう闇雲《やみくも》に歩き回っても、源太郎は見つからんと思うぞ。まだ西の丸の内におるかどうかさえあやしい」

「捜しているのは源太郎じゃない。外記だ」

隼人は立ち止まって見返った。小坊主を黙らせた眼《まなこ》が惣介を射竦《いすく》めた。隼人がこの目つきになるのを、何度か見たことがある――やむを得ず、人を斬らねばならなくなった折りに。

隼人の心のうちで生死の間《あわい》が失われると、いつもは穏やかな瞳に凶猛《きょうもう》な光が宿る。命のやり取りをするからには、真っ当ではいられない。当たり前だ。

「外記を斬るつもりか」

訊いてすぐ誤りだと気づいた。

『この先、世がどう変わってゆくかはわかりません。ただ、今は、ご公儀のために、わたしができることをする。そう決めています』

外記はそう言い残して、隼人の門前を辞した。すでに西の丸で何をするか、決めていたのだ。いびりばかり上手で、警護の任さえまともに果たせぬ書院番を斬り捨てた後は、腹を切る覚悟であったろう。

だが、切腹は作法に従い支度が調っていてこそ成就する死に方だ。当人が腹に刃物を突き刺す。間髪容《い》れず介錯《かいしゃく》が首を落とす。介錯なしでは、腹をどれだけ切り裂いても、なかなか絶命には至れない。

隼人は、外記が死にきれずに苦しんでいないか、と案じているのだ。

「とどめを刺してやらねばならん」

「それを早う言え。この辺りにはおらん。血の臭いもない」

「ならば、どこにおる」

声に苛立ちが滲んだ。

「誰も彼奴《あいつ》を取り押さえてやらなんだ。となれば、おのれで腹を切るしか道はない。くそっ。どいつもこいつも腰抜けばかり」

今ならわかる。『どいつもこいつも腰抜けばかり』――それこそが、病という嘘の皮で、外記の刃傷沙汰を包んで隠してしまいたい事情だ。

殿中で刀を抜いた外記は、生き残っていても死罪は免れまい。しかし、この件に関わった書院番たちも、ことが公になれば無傷では済まない。

幾人もその場にいながら、外記一人を捕らえるどころか、立ち向かうことも、阻《はば》むこともできず、斬り伏せられた相番を見捨てて逃げ散ったのだ。ありのままが表沙汰になれば、厳しい処罰を受けることになる。

同じ醜態《しゅうたい》をさらしても、台所方や作事方、あるいは勘定方なら、罰も手加減を加えてもらえるだろう。剣の腕で禄を食んでいるのではないからだ。

だが番士はそうはいかない。警護を役目とし、戦が起これば働き頭となるべき旗本たちなのだ。番方お召し放ち（免職）の上、普請番入りなら御の字。改易《かいえき》（知行地、家禄、屋敷の没収——幕府を解雇）もあり得る。

内々かつ穏便に処理したいと画策するのも当然だ。

（それにしたって、大人しくただ「食あたり」と届けを出すなら、可愛げもあるが）

抜き身の太刀を見ただけで怖気《おぞけ》立つ惣介としては、怯えて右往左往した書院番士に多少ながらも同情を覚える。

「食あたりのわけさえ雪之丞の所為にして、責めを逃れようとするのだからなぁ。どこまで性根が腐っておるのやら……ああ、そうか」

雪之丞の名を口にしたと同時に、外記がどこにいるか見当がついた。

〈蘇鉄の間〉の入口に立ちふさがった書院番、井上正之助《いのうえしょうのすけ》は、惣介の話を聞き流し、上の空だった。座敷内の臭いに耐えられなくなっているのだ。井上の脇に立ったもうひとりの書院番も、さっきから袂《たもと》で鼻を押さえ口で息をしている。

「桜井雪之丞は、それがしの無二の友でございます。その雪之丞が、それがしを名指しで呼んでおるのです。『濡れ衣』を晴らしてくれと頼まれたからには、それがしも放って置くわけには参りません。せめて雪之丞に経緯《いきさつ》を訊いて、詫びるべきは詫びよと説き聞かせ――」

話の中身は何でも良かった。〈蘇鉄の間〉にいる書院番――井上と鼻をふさいでいるもうひとりだけだ。残りは番所で口裏合わせに励んでいるのだろう――の注意を引き寄せること、それが目当てだ。その間に、隼人が裏からこっそり、この座敷に入る算段である。

見込みどおり、〈蘇鉄の間〉の隅が一か所、屏風《びょうぶ》で仕切って隠してある。座敷の外にいても、血糊《ちのり》の臭いと臓物の腐臭、そして亡骸が放つ死臭が感じられた。外記の骸から流れ出る臭いだ。

暮れても衰えない蒸し暑さの中、閉め切った座敷に腹の破れた血まみれの遺体を放置すれば、当然こうなる。

雪之丞もあの屏風の後ろにいるはずだ。おそらく目を回して倒れているのだろう。

「まだ息があるか、すでに事切れておるかはわからんが、外記は〈蘇鉄の間〉に運び込まれておる。手水の水を飲んだ後、中庭で腹を切ったのだ」

坊主衆詰め所の外廊下で、惣介がこの話を始めたとき、隼人は半信半疑だった。番所の二階に用人、尾藤を上げなかったのは、外記に斬られた者たちがうち捨てられて転がっているからだ。ところが、亡骸も怪我人もない書院番番所側の中庭で、惣介は血と臓物の臭いを嗅いだ。

「食あたりで誤魔化すつもりなら、外記を中庭に放り出してはおけん。かというて、番所の二階に上げるのは難しい。一階に置けば、病と聞いて駆けつけた上役に見つかる。臭気も立つ。となれば、空いた〈蘇鉄の間〉に隠すのが上策ではないか」

「当て推量で、ときを無駄にするのは気が進まん。西の丸を駆け巡って捜すほうが、早かろう」

「隼人。決して当てずっぽうではないぞ。証がある。雪之丞だ」

雪之丞は〈蘇鉄の間〉にいる。それは隼人が目撃したことだ。それなのに〈蘇鉄の間〉から雪之丞の声がしない。

「妙だろう。猿ぐつわをかませてもうなり声を上げる。脅されても舌を抜かれん限り減らず口をたたきつづける。雪之丞はそういう奴だぞ。彼奴が静かになるとしたら、死んだか、気が遠くなりかけているかだ」

逃げ惑うことでしかおのれの身を守れない書院番たちが、雪之丞を殺せるとは思えない。そうして、大男で達磨顔のくせに、雪之丞は切った張ったが大の苦手だ。わずかな流血でもすぐ青くなって、口数が減る。

となれば、雪之丞がひと言も発せず、ひとうなりもしないのは、〈蘇鉄の間〉で血まみれの何かを見たからだ。

「外記に斬られた者たちは、まだ番所の二階だろう。となれば、雪之丞を黙らせたのは――」

つづきを話す要はなかった。隼人はすっと立ち上がって爪先《つまさき》の方向を変えた。

「〈蘇鉄の間〉に忍び入る手を捜す。あの座敷にいる書院番の相手はおぬしに任せた」

言い終えたときには、もう廊下を歩き始めていた。

「わかった、わかった。勝手に入って無二の友とやらを面倒みてやれ。わたしは外で待っててやる。言うておくが、こちらにはいくらも頼りにできるお偉方がいる。御家人がどれほど遠吠えしても、この中で見たことは誰も信じてくれんし、桜井雪之丞が食あたりを引き起こした件も変えようはないぞ」

ほとほと嫌気が差した態で〈蘇鉄の間〉を離れると、井上は裃を嗅いで顔をしかめた。もうひとりも転がるように廊下に出て「はぁ」と息を吐いた。その息の音を背中で聞いて、惣介は後ろ手に襖を閉めた。

屏風の向こうをのぞくと、隼人が胡座をかいて座っていた。血に汚れた外記の頭を膝に載せ、濡れ手ぬぐいでそっと拭ってやっている。

「腹を裂いた後で、喉を掻き切って果てておった。見事な最期《さいご》よ」

隼人はうつむいたままつぶやいた。目は外記の死に顔を見下ろしたままだった。

雪之丞は屏風に足を向けて正体を失っていた。案の定、外記の死に様を目の当たりにして、気が遠くなったらしい。惣介はその両足首をつかんで、ずるずると屏風の外へ引っ張り出した。何とか座敷の真ん中まで連れ出したところで、雪之丞はようようぱっちりと目を見開いた。

「やれやれ、雪之丞。大丈夫か」

「大丈夫やありまへん。何してくれますのん。新調の上田《うえだ》縞《じま》が擦り切れてしまいますやろ」

囚《とら》われの身から解放してやったというのに、目覚めの第一声がこれだ。つくづく張り合いがない。

「ああ、えらい目に遭いましたわ。惣介はんも来るのが遅い」

二言目がこれ。

「それで、もう濡れ衣は晴れましたやろか」

「いや、それはまだだが、追々……」

「またそんな呑気なことを。わたしは河豚汁やどき作ってまへん。夏場に獲《と》れる河豚を使うても、まともな料理にはならしませんやろ」

「ふむ。それはそうだが……」

「河豚は寒いときやないと。なんと言うても卵を産む前の睦月《いちがつ》が一番ですやん。そんなこともわかってぇへんくせに、書院番か旗本か知りまへんけど、おかしな言いがかりばっかし――」

雪之丞の舌は、休んでいた分を取り戻そうとするかのように、快調に動きつづけている。

(よしよし。そうやって朝までしゃべれ。それもなるべく大きな声でしゃべれ)

心から願いながら、惣介は相づちを打った。屏風の奥で、隼人が思うさま泣けるように。気の済むまで外記の骸と話ができるように。

（八）

外記の一件は誰の口の端《は》に上ることもなく、卯月が過ぎていった。上つ方では詮《せん》議《ぎ》が進んでいるのかもしれないが、惣介、隼人の立場では知る由もない。
だが、万が一、『食あたり』で話が落着をみるようなことになったなら、惣介も隼人も黙っているつもりはなかった。雪之丞が責めを押しつけられたら尚のこと、たとえその話が沙汰止みになっても、外記の遺志は幕閣に伝えねばならない。

そうして皐月《ごがつ》の二日。夏真っ盛りの青い空が広がった朝、新築なった離れに、末沢主水が引っ越してきた。

第二話　外つ国の風

（一）

「そりゃ父上はそう仰《おつしや》るでしょう。けど、お江戸にはあたしがゆっくり息を吐ける場所なんざありゃしません。父上だって、そんくらいは、もうおわかりでしょうに」

十六になる娘の鈴菜《すずな》が、大きな団栗目《どんぐりめ》で、鮎川惣介《あゆかわそうすけ》を睨《にら》み据えていた。

「だから、長崎に行って蘭学を学び医者になるも良し。近森銀治郎《ちかもりぎんじろう》殿と夫婦《めおと》になって、ふたりして士分を捨て、仲睦《なかむつ》まじゅう菖蒲《しょうぶ》を育てるも良し」

近森銀治郎は借金まみれの旗本家の嫡男《ちゃくなん》で、昨年来、鈴菜との縁談話がくすぶっている。嫁がせたい気持ちは毛程もないが、鈴菜が言い出したことよりはましだ。

「とにかく、いくらも選ぶ道はある。それをまた、寄りにも寄って英吉利《えげれす》へ行きたいとは。たわけにもほどがある。外《と》つ国への渡航は、ご公儀がきつく禁じていることだぞ」

これだから末沢主水《すえさわもんど》を屋敷に迎え入れるのは避けたかったのだ。

（上様も上様だ。うちには年頃の鈴菜がいることくらい、ご承知のはずではないか）

主水は家斉が『篤実《とくじつ》な人柄は、ようわかっておる』と太鼓判を捺《お》したとおり、悪い男ではなさそうだ。それは共《とも》に台所に立ってよくわかった。けれど、娘を嫁がせたいか、と問われたら、否だ。

まだまだ腹のうちが知れない。

鈴菜にも腹が立つ。主水がやって来てまだ二日しかたっていない。気心も知れない男にすぐのぼせ上がるなぞ、痴《おこ》の沙汰《さた》だ。

「だって、父上。主水様は、◯　%▲#△　÷▲□って」

急に鈴菜の話している言葉がわからなくなった。その上、鈴菜の後ろに背丈が九尺をはるかに超える赤鬼が立っている。見れば、鬼は主水の顔をしていた。

「$◯#△　×▲　÷▲□*　+@□$~@△*」

赤鬼主水は、惣介をひと呑《の》みにできそうなほど大きな口をクヮッと開いて、鈴菜が話したのと似た言葉をしゃべった。

「鈴菜。その男の正体は鬼だぞ。ついて行ってはいかん。鈴菜、目を覚ませ。早う目を覚まさぬと恐ろしいことに……」

「……早う目を覚まさぬと厄介なことになるのは、父上でござんしょう」

「おお、鈴菜。良かった良かった。元のようにしゃべれるようになったのだな」

喜びのあまり差しのべた手は、したたかに振り払われた。改めて見回せば、いつもの寝間である。赤鬼主水はおらず、鈴菜が呆《あき》れた風に首を傾げていた。

例によって、袷《あわせ》の袂《たもと》を暑そうに肩まで捲《まく》り上げているが、髪はつぶれ島田より愛らしい結綿《ゆいわた》にして、前髪と髷《まげ》の真ん中に赤い鹿子《かのこ》絞《しぼ》りを飾っている。長屋の古女房のようななじれった結びが十八番《おはこ》の鈴菜にしては、洒落《しゃれ》込んだ姿だ。

（ともあれ、英吉利に嫁ぐ話は夢であったか。やれやれ）

気づけば、夜着はしとどと汗に濡《ぬ》れて、肩が板になったかと思うほど凝っている。主水と鈴菜が妙なことになるのを、おのれがどれほど案じているか。気づかないふりでやり過ごしてきた胸のうちを、夢が勝手にあばいて寄越した。寝覚めの顔に、田楽《でんがく》を——それも生焼けのを——押しつけられた気分で、惣介はがっくりと首を垂れた。

「寝ぼけている暇《いとま》はござんせんよ。主水様の味噌《みそ》汁が大ごとになっております」

「彼奴《あやつ》、一人で勝手に料理を作っておるのか。え～い、今何刻《なんどき》だ」

「明け六つ（午前五時頃）はとおに過ぎましたよ。主水様は相変わらずの早起きでござんすね。父上も、少しは見習えばよいでしょうに」

昨日の朝は、明け七つ（午前三時半頃）から薪《まき》を割る音で起こされた。今日は今日とてこれだ。

昨夜、夏大根を千六本《せんろっぽん》にすることは教えたが、出汁《だし》の取り方はやって見せただけだ。それでどうやったら味噌汁が作れるのか。

「――鈴菜、なにゆえ主水が味噌汁を作っているとわかった。離れの台所は出入り禁止のはずだぞ」

身支度をしながら、ようやくそのことに思い当たったが、答えるべき当の鈴菜は、とっくのトンビに座敷を出た後だった。

江戸で二年も暮らしていれば、異人でも火の怖さが身に沁《し》みているはずだ。滅多なことはあるまい。そう思いながらも、惣介は桶に水を汲《く》んで、離れに駆けつけた。勝手口をのぞくと、もうもうと立ち上る白い湯気で、辺りは霞《かす》んでいた。釜《かま》の縁からぶくぶくと泡が流れ出して、へっついを汚し、薪をジュウジュウいわせている。もう一方の鍋《なべ》からは、ゴトゴトと石でも茹《ゆ》でているような不穏な音がしていた。

「お師匠様。おはようございます。簡素な朝餉《あさげ》も、それがしが作るとなると、険しく厳しい鍛錬となりますな」

どこで憶《おぼ》えたのか、豆絞りのねじり鉢巻きをして、結わえて八の字にひねった襷《たすき》で袂を押さえている。誇らしげな顔つきで、拙《つたな》いことをしているとは、欠片《かけら》も思っていないらしい。

「それがしのおらぬところで火を扱うのは、しばらくの間、控えて下されと申し上げなんだか」

団子の目を精いっぱい怖くして睨んでやると、薄紅に染めた餅のような顔がみるみる真っ赤になった。

「た、確かに。それがし、少々勝手が過ぎたようだ。まことに面目次第もござらん」

放っておけば土下座もしかねない勢いだから、惣介は慌てて竈《かまど》のほうに動いた。

釜の中で何が出来上がりつつあるかは、見なくともわかる。べちゃべちゃの飯だ。昨日の朝『手の甲にかぶるくらいが、ちょうど良い水加減で』と教えたが、主水の手は惣介よりずっと分厚く大きい。指南の仕方が拙《まず》かった。

（まあよいさ。後で粥《かゆ》に作り直せば済む）

薪を減らして、炊きあがる頃に火が消えるよう支度を調えながら、惣介は自分をなだめた。志織の炊く芯《しん》の残った飯よりは、始末が簡単だ。

問題は鍋だ。

おそらくあれだろう――わかってはいたが、考えたくなかった。惣介は不穏な音にしばし耳を傾け、覚悟を決めて鍋の蓋《ふた》を開けた。

（はああ、もったいない）

昨日使い始めたばかりの鰹節が、丸のまま茹でられていた。保存が利くように上っ面につけてある黴《かび》が、すっかり湯の中に溶け出している。

米も鰹節も、他の台所道具同様、主水がここに来るときに幕府から持たせてもらった品だ。惣介の懐は痛んでいない。それでも、上等な枯節《かれぶし》が、こんな目に遭わされているのを見れば、楚々《そそ》とした美女が泥濘《ぬかるみ》へ顔から突き転がされる場に居合わせたかのごとく、どうにもやるせない。

「早朝から、お師匠様の見よう見まねで削《かず》ってみましたが、どうしたものか、何度試みても粉になってしまいます」

「削《けず》ってだ。かずってではない」

主水は自在にこの国の言葉を操《あやつ》るが、料理に関わる語句はどうもあやふやで、ちょいちょい間違える。

「ああ、そうです。そうです。削《けず》ってです。それで、しばし考案いたしまして、これは一日置いたゆえに硬くなってしまったのであろう、と気づきました。とすれば、柔らかく茹でてから削ればよい、とすぐに思い当たった次第です。手前味噌《てまえみそ》でござるが、我ながら良い気働きかと……」

主水は、はにかむ様子で目を伏せつつも、さらにひと言つけ足した。

「故国、英蘭《いんぐらんど》では、硬い物は何でも茹でて柔らかくして食します。鶏の骨と根菜を一緒に大きな鍋に入れ、何日も煮込んで出汁を取ることもいたしますし」

「……ふうん、鶏の骨なあ」

主水の弾んだ声を聞いて、惣介は喉《のど》まで出かかっていた小言を呑み込んだ。

思うようにならない鰹節を相手に、主水は知恵を働かせたのだ。初めて見る食材を前に、思う存分工夫を凝らすこと。それこそが、料理の醍醐味《だいごみ》だ。加えて、主水は台所人になるわけではない。同胞《はらから》のおらぬ外つ国に過ごす寂しさを、料理で紛らせることができれば充分なのだ。

叱っても仕様がない。

（鶏の骨からどんな出汁が取れるのか見当もつかんが）

鯛の骨を焼いて熱燗《あつかん》を注ぐ骨酒《こつざけ》は、酒宴に供されることがある。煮魚の骨に湯を注いで汁代わりにもする。主水の思いつきも、あながち大外れとは言えない。鰹節が、鰹の骨ではなく身でできている、と気づかなかっただけだ。

とはいえ、湯の中で躍っている七寸近い鰹節を、みすみす無駄にはできない。鰹節が長く保《も》つのは、水気を飛ばしてあるおかげだ。こう水浸しにしたからには、今日のうちに使って仕舞わねばなるまい。

「おぬしが熱心なことはようわかったが、このまま茹でつづけては、ちと都合が悪い」

不服げな主水をそのままに、惣介は鍋を火から下ろした。それから、取り出した鰹節の血合《ちあ》いを出刃で手早く削り落とし、布巾にくるんで右手で顔の前にかざして見せた。茹でた甲斐があって、汚れはすっかり落ちている。

「これは背節《せぶし》という。鰹の背中側で作った鰹節だ。このぽっこりと出っ張りのあるほうが鰹の頭側、丸く滑らかなほうが鰹の尾の側になる。尾の側には皮がついているから、それを目印にすればよい。さて――」

実際に削って見せようとして、惣介は鰹節を削る鉋《かんな》の刃が整っていないのに気づいた。気持ちよく綺麗に削るには、だいぶん刃が出過ぎている。惣介は鰹節を脇に置いて、おのれの額に手をやった。

（まず、道具の扱《あつか》いから、教えねばいかんのだ）

この国に生まれた者ならば、料理をしたことはなくとも、折りに触れその道具を目にする。使っている姿にも接する。だが、主水にはそれがない。昨日も、包丁を小刀のごとく握って、大根を尻尾から笹《ささ》搔きにしかけた。案外、英吉利ではそれが正しいやり方なのかもしれない。

「上手《うま》く削るには、道具の手入れも大事だ。鉋の刃は、指で触ってちと当たるくらいがちょうど良い」

話しながら、木槌《きづち》で鉋の上側をこんこん叩くと刃が引っ込んで、主水の目が丸くなった。

「削ったら粉になった、と言うたな。それは、向きを違《たが》えたからだ。鰹節は必ず頭のほうから削る。鉋の刃先はおのれのほうに向けておく。それから頭側の出っ張りからつづく斜めになった所を、鉋の台座《だいざ》にあずける。手はこうやって鰹節を上から押さえる風だ」

ひとつひとつやって見せては主水がうなずくのを確かめ、それから鰹節を前に向かって押してやると、薄くて長い削り節が鉋の下に置いた木箱にふわふわと落ちた。茹でたおかげで、ごく軽い力で削れる。

「わお」

主水が妙な叫び声を上げて、やらせてくれと言いたげに両手を差し出した。

「そうじゃない。尾がもっと斜め上を向くようにあてて……」

仕方なく鉋と鰹節を譲り渡し、危なっかしい手つきにはらはらしながら小言を並べていると、主水の肩越しに、志織が遠慮がちに手招きしているのが見えた。

志織にも、できる限り離れには近寄らないよう、話してある。素直に従うような妻ではないが、惣介がいると知っていて顔を出したりはしない。よほどのことだ。

「今のやりようで、一本の七分目までは削れる。そこまで削ったら、削り節が湿気を吸わんように、木箱に乾いた布巾をかけて置くがいい」

一本分の削り節だ。出汁を取るだけでは使い切れまい。削り節を使う料理をいくつか算段しながら、惣介は早口で指図《さしず》をつけ加えた。

「そうだ。削るより先に、鰹節を茹でていた鍋の湯を捨て、しっかり洗うてくれ」

察してくれるものと考えて「黴《かび》の臭いがつくと困るからな」とつづけるのは控えた。

が、恨《うら》むらくは、主水との間に『阿吽《あうん》の呼吸』は、成り立たなかった。眉間に皺を寄せて何か言いかけ、どうにか思いとどまって、渋々といった風情で、鍋の湯を捨てにかかる。

おおかた、「なにゆえ、出汁の出た茹で汁を捨てるのです。納得がいきません」とでも主張したかったのだろう。確かに、鍋の湯は薄茶色に濁って、出し汁のようにも見える。

だが、まあ、とりあえず、惣介が『お師匠様』であることを、まだ忘れていなかったらしい。


「御指南中とは思いましたけれど、津田軍兵衛《つだぐんべえ》様が、ご子息を伴って訪ねて来られました。何やらずいぶんお困りのご様子で」

声音はしおらしいが、顔は、離れに近づいたことで小言を喰《く》らういわれはございません、と言いたげに自信満々だった。

さもありなん。

津田は元台所人で、惣介と同じく長尾清十郎《ながおせいじゅうろう》の組に属していたが、一昨年《おととし》の暮れ還暦を機に隠居した。今は嫡男の泰平《たいへい》が跡目を継いで、役目に励んでいる。惣介は、新米台所人だった頃、軍兵衛から何くれとなく面倒をみてもらった。そのお返しというわけでもないが、できる限り親身に泰平の世話を焼いている。

とはいえ、そんな程度のつき合いだ。津田が神田《かんだ》の組屋敷に住まいしていることもあって、一年半近く、互いに行き来していない。

その津田がいきなりやって来たのだ。当然、並々ならぬわけがある。

「泰平殿とは、昨日の遅番で一緒だった。格別、困った様子もなかったぞ」

「津田様が連れていらっしゃったのは、三男の兵馬《ひょうま》様です」

それ以上の説き明かしは不要だろう、志織がそんな目つきになった。

兵馬は津田が四十を越えてから授かった三男坊だ。

孫のような倅《せがれ》を津田はたいそう可愛がって、隼人も裸足《はだし》で逃げ出すほどの親馬鹿ぶりをさらしていた。それが兵馬の元服を境に段々と様子が変わった。津田は次第に気難しくなり、口数も減った。何より兵馬の話をしなくなった。

御家人の次男、三男は、跡継ぎのない家に養子に行くか、娘婿《むすめむこ》に入るか、大名、旗本家に職を得るか、得手《えて》を活《い》かして生計《たつき》を立てるか——何しろ策を講じなければ、生家で「部屋住み」と呼ばれる居候として、一生を終えることになる。

　ところが津田は、手塩にかけた兵馬がいよいよ売り出し、という時期になっても、その名を口にしなかった。周りが兵馬のことに水を向けても、すぐ話をそらせてしまう。縁談が持ち上がっても、あっさり断ってしまう。

　御膳所の皆が首を傾げ出した矢先、神田の組屋敷から「津田兵馬殿に風狂《ふうきょう》の気《け》あり」との噂が出た。噂は諏訪町の組屋敷にもまたたく間に広がって、以降は誰もが兵馬の話を避けるようになった。そうして、軍兵衛が隠居する頃には、大方の台所人が兵馬のことを忘れ去っていた。

　惣介もまた、志織がほのめかすまで、兵馬のことを失念していた。「薄情者」と脇腹を突かれた気がして、妻の訳知り顔が癇《かん》に障《さわ》った。

「したり顔をするな。よう知りもせんくせに」

「いいえ。もうたんとお近づきになりました」

　志織はふくれっ面になりかけて、思い直したようにニィと笑った。

「次はお前様の番です。兵馬様とは初めてお会いになるのでございましょう。ご辛抱がつづけば良いのですけれど。くれぐれもご無礼のないよう、お気をつけ遊ばせ」

「すぐにそうやって判じ物のような物言いをする。悪い癖だ。何があったか、とくと話すがいい」

「お会いになれば、すぐわかります」

月夜の狸が、さて腹鼓《はらつづみ》でも打とうか、と構えたような調子づいた顔になって、志織は台所へ駆け込んでいった。取り残されて、惣介は津田の困りごとの中身が気になり始めた。朝早くから訪ねて来たのは、よくよくのことだ。

(何であれ、頼み込まれたら、つれなく断るわけにもいくまい……)

風狂の兵馬、果たしてどんな若造なのか。指折り数えてたどってみると、二十一、二にはなっている勘定だが——玄関の手前で二の足を踏んで、惣介は我が家の中を怖々《こわごわ》のぞき込んだ。

(二)

表の間で対座すると、一年の間に、津田軍兵衛はずいぶん老け込んでいた。御膳所にいた頃から白髪は目立ったが、それがすっかり真っ白になっている。何よりよく痩《や》せた。ふくよかだった頬が削《そ》げて、目も窪《くぼ》んでいる。体もひとまわり小さくなったようだ。

「早朝から騒がせて、面目ない」

そう挨拶した声にも、御膳所にいた頃の力強さはなかった。

兵馬のほうは、口上は父親《てておや》の領分と決め込んだごとく胡座《あぐら》をかいたまま、落ち着きなく膝《ひざ》を揺らしている。貧相な体に載った顎《あご》の尖《とが》った顔は、どこやら上の空で表情に乏しく、その上、右目の脇が赤紫色に腫《は》れて、頬には五本ばかり擦り傷ができていた。

その怪我はどうしました、と訊《き》きたい気持ちをぐっと堪《こら》えて、惣介は頭を下げた。

「それがしこそ、せめて節季《せっき》のご挨拶なりと思いながら果たせませず、ご無礼つかまつりました。月日のたつのは早うございますな。ご隠居なされて早一年半近くなりますか……」

「十七ヶ月と四日」

「へっ」

型どおりの無沙汰の挨拶を声高にさえぎられて、惣介はまごついた。声の主が兵馬なのはすぐわかったが、何を言われたのかがわからない。

「普段なら十六ヶ月と四日。ですが、昨年は閏一月《うるういちがつ》がありましたから、ひと月増えて、父が隠居してから、十七ヶ月と四日」

「ははあ。如何にも」

返事に困った。

「節季は盆が一度、暮れが一度。諏訪町から神田御台所町《おだいどころまち》まで、ゆるりと歩いても半刻《はんとき》（約一時間）——嘘ですな」

「はあ」

「節季の挨拶なりと思うていた、と今さっき言われたが、それが嘘だと申し上げた。腹が邪魔で、半刻歩くのも難しいのやもしれんが」

詰《なじ》る風でもなく、軽口を叩《たた》いているわけでもない。淡々と、惣介の決まり文句満《まん》載《さい》の詫《わ》び言を、嘘だと指摘してくれる。惣介の出っ張った腹についても、遠慮会釈《えんりょえしゃく》なしにやり込めてくれる。初対面だというのに。

なるほど、風狂の兵馬である。

「おい、兵馬。鮎川殿はご挨拶をされていたのだぞ。人が話をしている途中に、口を挟んではいかん。何度も教えたろう」

軍兵衛が穏やかに叱って、惣介にすまなそうな笑みを向けた。

「鮎川殿には泰平が御膳所でお世話になっているのだ。余計な口出しをするより、まずお礼を申し上げるのが筋だろう」

「ふむ。そうでしたね……兄へのご親切、かたじけない」

兵馬は、手習い所の素読《そどく》をしのぐ一本調子で礼を言って、絡繰《からく》り人形みたいにぎくしゃくと頭を下げた。それでけろっとしているから、親に叱られて拗《す》ねたわけでもなさそうだ。当人はきちんと義理を果たしたつもりなのだろう。

「いや。それがしもまだまだ修業が足りませんので。大したお世話もできておらんのです。礼を言って戴くほどのことはございません」

無論、世間の慣例に従った謙虚《けんきょ》な返答だ。

「父上。大して世話になっていないようですよ。礼は要りませんでした」

軍兵衛だけに聞こえるようささやく――そんなことさえ思いつけないのか、兵馬の声は大きいままだった。

好き勝手に言いたい放題されるのは慣れている。何しろ桜井雪之丞《さくらいゆきのじょう》と、三年《みとせ》近くつき合わされているのだ。

が、兵馬と雪之丞には大きな違いがある。おのれが正しいと思えば、誰に対しても遠慮なくそれを主張した松平外記とも異なる。

雪之丞は、わざと無礼なことを言い、わがままを通している。無礼でありわがままであることを、楽しんでいる。いざとなれば――例えば有栖川宮家に上がったなら、がらっと態度を変えられる。礼節を尽くすだけでなく、雅《みやび》にも振る舞える。

外記は、とりとめのないおしゃべりをしている分には、にこやかに感じよく振舞えた。礼儀正しくもできた。相手を正そうとする目的があるときのみ、声高に意見を述べ、頑《かたく》なに考えを変えなかった。それゆえ、書院番仲間の弛《たる》んだ務めぶりに阿《おもね》るのを断固として拒み、おのれの正義に、命までゆだねてしまったのだ。

兵馬はどちらでもない。

この男は、相手の気持ちに思いを巡らすことが苦手なのだ。人と話を合わせることも、世間話も難しかろう。雪之丞や外記のように、しない、のではない。できない、のだ。たとえ有栖川宮家に招かれたとしても、平気でぶしつけなことを言うかもしれない。そうして『風狂』と、世間から後ろ指を指される。

（しないとできないでは大違いだ）

親兄弟の辛労《しんろう》、如何《いか》ばかりか、と思う。軍兵衛がどんな思いで縁談を断っていたか、『風狂』の噂を堪《こら》えたか。察するにあまりある。楽隠居したはずが、かえってやつれたのは、軍兵衛が兵馬の世話を一手に引き受けているために違いない。

さて、取りあえずこの場は、戯《ざ》れ言と受け流して笑うべきか、聞こえなかったふりをするか。迷いながら軍兵衛の様子をうかがって、惣介は泡を食った。

御膳所ではいつも堂々と背筋を伸ばし、貫禄たっぷりだった先達《せんだつ》が、泣きべそをかかんばかりに潮垂《しおた》れ肩をすぼめている。軍兵衛は誇り高い男だ。このままでは、倅が恥をさらしつづけるのに耐えきれず、困りごとに話が行き着く前に帰ってしまうかもしれない。

(兵馬が耳を澄ましていて、いちいち口を出してくる。それで話が進まんのだ)

三人が座敷で向かい合っているから、挨拶だの礼儀だのと堅苦しい流れになる。そぞろ歩きに持ち込めば、気分も弛《ゆる》む。軍兵衛とふたりだけで話す機もできる――無理やりにでも、そうしてしまうのが良さそうだった。

「どうもこの座敷は蒸しますな。表は風があって少しはましなようだ。よろしければ庭を歩きながら話しませぬか。朝顔はまだだが、五月躑躅《さつきつつじ》が見頃だ。床几《しょうぎ》も置いてありますぞ」

惣介は軍兵衛に目で合図を送って、腰を上げた。

「夏場の畑について、軍兵衛殿に教えを請いたいこともござるし」

「ほほう、貴公も畑をやっておられたか。暑い時期は草もよう伸びる。虫もつく。なかなか世話が厄介だが、わずかな工夫で少しは見栄えの良い作物が穫《と》れますぞ」

ぎこちないながら、軍兵衛も調子を合わせて立ち上がった。

が、それを見た兵馬は、今までの平坦《へいたん》な態度はどこへやら、血相を変えて父親に食ってかかった。

「父上、お待ち下さい。今朝はそれがしのことを相談に来たのでしょう。『おのれのことなのだから、一緒に行ってお願いするのが筋だ』とおっしゃったではありませんか。だから、それがしも、嫌々ながらついて来たのです。それなのに」

凍っていた水が、一気に沸騰したかのような勢いだ。当人もほとばしる言葉についていきかねて、ハアハアと息が荒くなっている。

「なにゆえそれがしの話をせずに、鮎川殿の畑の話を聞くのです。鮎川殿の作物なぞ、虫に食い荒らされようが、立ち枯れてしまおうが、関わりのないことだ」

「またか。妙にこだわったことばかり言いおって。畑のことも話すが、お前のことも話す。それで何がいかんのだ」

「ならば、外に行かずともよいでしょう。ここで話せば済む。狭っ苦しい庭に植えた躑躅なぞ、笑止千万。見たくもない」

「外のほうが涼しくて過ごしやすかろうと、鮎川殿が勧めて下さったのだ」

「余計なお世話というものだ。わたしはこの座敷でも、ちっとも暑くありません。狭くて散らかっているが、ここでたくさんだ」

「向かい合っておるよりも、並んで歩を進めながらのほうが切り出しやすい話もある。それがわからんのか」

「わかりません。外に出れば風の音や鳥の声や通りの物音が耳に入ってきて、話を聞くのが難しくなるだけだ。わたしはここを動きませんから」

割って入ることも忘れて、惣介は軍兵衛と兵馬の顔を、代わる代わる眺めた。ふたりが、なんだってこれほど激しく言い争うことになったのか、まったく腑《ふ》に落ちない。おまけに、親子喧嘩《げんか》でありながら、けなされているのは、惣介の畑と惣介自身と惣介の家の表座敷だ。

「わかった。お前はここで待っておれ。父ひとりで鮎川殿のお庭を歩いてくる」

言い捨てると、軍兵衛は足音も荒く座敷を出て行った。兵馬は兵馬で、握りしめた両の拳《こぶし》を膝に載せて、くるりと惣介に尻《しり》を向ける。七輪の中の炭のようにカンカン熾《おこ》っている兵馬を相手にしても埒《らち》は明くまい。惣介は急ぎ足で、軍兵衛のあとを追った。

「手習いにかよっていた頃は、自慢の倅でしてね。剣術はさっぱりだったが、算術がようできた。師匠にも先が楽しみだと言われて、わたしも鼻高々で……思えばあの頃から、大人のしくじりをあしざまに難じたり、いきなりひどい癇癪《かんしゃく》を起こしたり、一向に仲の良い連れができなんだり。今の彼奴《あやつ》に至る片鱗《へんりん》は見えておったのだが、親馬鹿の曇った目には、映りませなんだ」

木陰に設《しつら》えた床几に腰を下ろし、惣介が困《こう》じ果てる程、詫びの言葉を繰り返してから、軍兵衛は兵馬を俎板《まないた》に載せた。

「幸い、手先が器用で、細工物をこつこつ作るのを好んだものだから、世話してくれる人があって、角細工《つのざいく》を習い覚えましてな」

角細工は、象牙を使って根付《ねつけ》や笄《こうがい》など小さな物を作る。人と交わらずに済む居職《いじょく》ではあるし、兵馬にはおあつらえ向きの仕事だ。

「おのれの食い扶持《ぶち》を稼ぐくらいまで腕も上がり、世間との衝突も減る、泰平の重荷にならずに済む。やれひと安心、と胸をなで下ろしておったところが……」

軍兵衛がふいと口ごもって、ため息を吐いた。

小さな庭に似合いのひょろりとした楓《かえで》を、青嵐《あおあらし》が揺すり、背中の汗を冷やして過ぎた。

風に鬢《びん》のほつれ毛を吹かれながら、軍兵衛がぽつりぽつりと語った中身をまとめるとこんな風だ。

ことの始まりは四日前。皐月朔日《ごがつついたち》。

兵馬は神田の組屋敷周辺に、幾人か喧嘩相手——喧嘩友だちではない。顔を合わせればつかみ合いになるほど、互いに疎《うと》ましがっている相手だ——がいるが、その内のひとりと路上で言い争いになった。

相手は旗本の下男で、なかなかに腕が立ち、やせっぽちの兵馬はしこたま殴られた。顔の青染みと擦り傷はそのときのものだ。軍兵衛と兄の泰平とで、厳しく問い詰めたが、兵馬は喧嘩の因《もと》が何か言わなかった。

とはいえこのときは、周りの仲裁もあって、番所が乗り出してくることもなく穏《おん》便《びん》に収まった。ところが、昨日の早朝、その下男が斬り殺されて見つかったのだ。

「そんな乱暴者なら、しょっちゅういざこざを起こしているでしょう。町方が調べれば、すぐに下手人も見つかる。ご心配には及びませんよ」

通り一遍の慰めではあるが、惣介は心底そう信じて、軍兵衛の肩の荷を下ろしにかかった。

「だとよかったのだが。昨日の午《ひる》になって、下男の骸《むくろ》が転がってた路地の傍の辻番が訪ねて来たのです。下男の殺された晩、まだ宵の口の頃だったそうだが、兵馬と件《くだん》の下男がまたもや争いになったのを見た、と話して行きました」

辻番に他意はなかった。目にしたからには、主《あるじ》の旗本に告げなければならない。その前に、日頃のよしみで知らせてくれたまでだ。

「それがまことでも、下男が殺されたのは、もっと夜が更けてからに違いない。宵のうちに殺《や》られたなら、夜のうちに見つかるはずだ。兵馬殿が夜半、屋敷にいたなら、何も案ずることは――」

軍兵衛の顔色を読んで、惣介は言葉のつづきを呑み込んだ。

「それが……彼奴は、人と顔を合わせるのをそりゃあ嫌がって、陽のあるうちは座敷に引きこもっていて、木戸が閉まる時分《じぶん》になって表をほっつき歩く。一昨日《おととい》も昨夜も、どこで何をしていたのやら、屋敷に戻ったのは、空が白んでからだ。こちらも根が切れて、叱る気にもなれん塩梅《あんばい》でしてね」

軍兵衛が、兵馬を連れて惣介を訪ねてきた、その意図《いと》がようやく読めた。

「兵馬殿を、疑うておられるのですか」

軍兵衛は目を剝《む》いて惣介を見据えたが、じきに目をそらして力なくうなずいた。

「兵馬が、謀《はか》って人を手にかける、とは思えません。しかしながら、猛《たけ》り狂い取り逆上《のぼ》せて、気づけば殺《あや》めてしまっていた、ということはあり得る」

怒りに我を忘れて、物を壊す、人を傷つける、誰かを殺す。普段、穏やかな質《たち》の者でも、魔が差してそうなってしまうことはある。子どもがそんな羽目に陥ったときでも、最後の最後まで「やっていない」と信じたいのが親心だ。

軍兵衛は、兵馬の気性や日頃の振る舞いをよく知っているゆえに、信じることができずにいる。

「お辛いですな」

「他人様を殺《あや》めたかどうかさえ、質《ただ》せんのだ。情けない父親だと笑うて下され」

「それは違う。親がそんなことを訊ねるのは、確かな証《あかし》をつかみ、ともに滅びる覚悟を決めたときでしょう。あるいは、子どもが訊ねて欲しがっていると察したか……もしや、すでに火盗改《かとうあらため》が動いておるのですか」

「いや、町方が調べて回っているだけのようです。組屋敷の周りも静かなものだ」

町方——町奉行所は町人の罪を詮議《せんぎ》する。幕臣やその子息を調べることも捕らえることもできない。武士にわずかでも疑いの目が向けば、火付盗賊改役《ひつけとうぞくあらためやく》とその配下が動き出す。火盗改ならば、御家人はもちろん、寺社や旗本屋敷に踏み込んで、悪事を働いた者を捕らえることができるからだ。

つまり、今のところ、下男殺しは町人の仕業、と考えられているわけだ。辻番は兵馬と下男の言い争いを見ただけで、兵馬が下男を斬るところを目撃してはいない。辻番の主の旗本は、そのあたりを思量《しりょう》して、口をつぐんでいるのだろう。

ふたりの間に落ちた沈黙を埋めるかのように、鈴菜のはしゃぐ声を風が運んできた。主水の住む離れの方角からだ。

「子に悩まされているのは、津田殿だけではございませんぞ」

惣介は苦笑いして立ち上がった。

「下男殺しの件、それがしが少し調べてみましょう」

必ずや良い知らせを――とつづけたいところを、惣介はぐっと堪《こら》えた。嗅《か》ぎ回った挙げ句、兵馬が下手人だとわかるかもしれないのだ。

「かたじけない。心底《しんてい》より恩に着る」

「ただ、それがしだけでは心許《こころもと》ない。片桐隼人に手伝ってもらっても構わんでしょうか」

「無論です。殺された下男というのが、旗本、戸部武兵衛《とべぶへえ》殿の召し使っておられた男で、様子をうかがってみようにも、取っ掛かりすらつかめぬ始末で……」

「戸部……西の丸書院番の戸部殿ですか」

「お知り合いですかな」

軍兵衛が、驚いたような、ほっとしたような、悔やむような、複雑な顔つきになった。惣介の腹のうちは、さらに込み入っている。

何より、西の丸書院番絡《がら》みがまずい。外記の死以来、隼人と話すときは、「西」も「書院」も禁句になっているというのに。

おまけに、戸部武兵衛は、一度は隼人と剣を交えたことのある曲者《くせもの》だ。去年の春、弥生朔日《さんがつついたち》の夜。隼人は生後間もない我が子を守るために、危うく戸部の手にかかるところだった。あのとき戸部の口元に浮かんでいた薄笑いは、今もまざまざとよみがえって惣介の背筋を凍らせる。

まだある。

戸部は弟、山川右近《やまかわうこん》――養子に入って苗字は違っているが、実の弟だ――のことで、惣介を深く恨んでいる。これもやはり、昨年の弥生のことだ。惣介は家斉の命でしばらく西の丸御膳所で台所人を務め、山川と対峙《たいじ》した。せめぎ合いは無残な結末を迎え、以来、戸部は惣介に報復《ほうふく》する機をうかがっている。

夢に出てきた近森銀治郎と鈴菜の縁談も戸部の一手だ。近森家は戸部に借金を肩代わりしてもらって、首根っこを押さえ込まれた形になっている。その嫡男に鈴菜を嫁がせて、惣介の肝を握る——それが戸部の魂胆《こんたん》だった。

江戸の仇を長崎で、と言いたくなるほど遠回しながら、縁談がまとまってしまえば鈴菜を人質に取ったも同然。惣介は戸部の思うがままになったろう。今のところ縁談は頓挫《とんざ》したままだが、先のことはわからない。

下男の奉公先を、先に教えて欲しかった。


「鈴菜、いったい何の騒ぎだ。津田殿に行儀の悪さを知られてしもうたぞ。離れに行くから、散らかったものは片づけておけ」

津田と並んで歩を進めながら、離れの勝手口に入るずっと手前で、惣介は大きな声を出した。主水に身を隠すよう合図するためだ。

津田に「新しい離れでござるか」と興味を示されれば、中を見せないわけにはいかない。だが、異国人の主水と顔を合わせられては困る。苦肉の策の大声である。

いざ離れについてみると、いつの間に来たのか、台所の上がり框《がまち》に兵馬が胡座をかいて、小柄《こづか》で大根を削っていた。

「父上、ご覧なさいませ。兵馬様は大した腕でござんすよ」

鈴菜が傍に陣取って浮かれている。お祭り気分で、離れに近寄るなと言われていることも、軍兵衛がいることも、すっかり忘れた態《てい》だ。惣介に向かって差し出した手には、大根で作った一寸四方ほどの猿がきょとんとした顔で座っていた。

猿は、風が吹いたら揺れそうな毛並みといい、栗を握りしめた指の一本一本といい、つぶさに彫り上がっている。兵馬の周りには、他にも、眠りこける猫だの、まさに跳ねて逃げだそうとしている兎《うさぎ》だの、生き物の形になった大根が六つ散らばっていた。

「見事なものだな。これなら……」

言いさして、惣介の心の臓はウロウロと音を立てて打ち出した。いくつもの箱に山となった削り節はともかく、その横にうつむき加減で立った大男——。

(何のために声を張り上げたのだ。そのくらい酌《く》み取って動けんのか)

察しが悪いにも程がある。まるで、おのが姿をなるだけ人目に晒《さら》そうと、仕組んでいるかのようだ。振り向けば、案の定、軍兵衛が皿になった目で、主水を射竦《いすく》めている。

(まずい。ここに異国人がいることを、なんと言い抜けたものか……)

惣介のうろたえに気づいた風もなく、兵馬が呑気な笑顔を軍兵衛に向けた。

「父上、末沢主水殿です。見る目のあるお方で、それがしを名人と認めて下された」

さっきの親子喧嘩は、まるで忘れた様子だ。いや、それより何より、主水と十年来の知己《ちき》のごとく、笑みをかわし合っている。座敷にいたときとは別人のようだ。

「父上は、家康公の傍に仕えた英吉利人《えげれすじん》、三浦按針《みうらあんじん》をご存じでしたか。主水殿は、その末裔《まつえい》だそうですよ。どうりで、まるで紅毛人のようなお顔だ。目の色も黒くない。すごいでしょう」

何がすごいのかよくわからない。が、兵馬が、主水の苦しい言い繕いを、丸っと信じ込んでいるのは間違いない。

(妙な奴だな。賢いのか、間抜けなのか)

兵馬の変人ぶりを受け止め切れたとは思わない。だが、この男は下男を殺してはいない。そんな気がした。主水を目の前にしていながら、突拍子もない言い開きをあっさり受け入れて仰天してしまう男だ。おのれが誰かを殺してしまったら、その驚きを胸に仕舞っては置けまい。

「なるほど、三浦家の……左様でございますか」

軍兵衛は何事もなかった顔になって、主水に頭を下げた。

「それがし、元台所方、津田軍兵衛と申します。以後、お見知りおきを」

倅から聞いたことを鵜呑《うの》みにしたふりで、すべて胸に畳んだわけだ。御膳所で惣介が家斉に召し出されるのを幾度も見聞きし、軍兵衛自身も御小座敷で笛を披露したことがある。主水のこともそのつながりだと了解してくれたのだろう。


（どだい、殺し方が違う）

軍兵衛父子《おやこ》を送り出し、ほっとしたところで改めて大根の猿を眺めて、惣介は確信した。これだけの腕があるのだ。兵馬が無我夢中で下男の命を奪うとすれば、突いて仕留めるはずだ。斬り殺すわけがない。

（三）

削り節の山は、半分、軍兵衛に持ち帰ってもらった。

約束もしたことだ。軍兵衛の気持ちを思えば、すぐにでも隼人に話を持ちかけて探索に入るのが筋《すじ》。わかってはいた。それでも、わずかにしろ西の丸書院番が関わる事件を、隼人に聞かせるのは気が重かった。

（訪ねるなら、仁と信乃に柔らかく煮た「猿」や「猫」を届けてやるのがいい）

ひとまず、兵馬は世間からも町方からも怪しまれていない。父親の軍兵衛だけが、疑惑を抱いているのだ。

（どうせ隼人は、宿直明《とのいあ》けだ。城から戻ってすぐでは、使いものになるまい）

ふたつを自身への申し開きにして、惣介はまず豆腐の水切りを仕掛けた。蒟蒻《こんにゃく》にも塩をふって水出しを始めた。

主水の削り節は、上出来に薄く削れたものもあるにはあったが、大方が、分厚かったり短かったり、不細工な出来上がりだった。それを似た姿のものどうし分けるのが、ひと仕事だ。

気配を読んで、鈴菜は体よく逃げ去った。かわりに、折良く、嫡男の小一郎が剣術の朝稽古《あさげいこ》から戻ったのを引っ張ってきて、削り節の山の前に座らせた。

そこまでは良かったが、手伝いを命じると、小一郎は、豆狸《まめだぬき》の顔をむうとふくらました。渋々、みっつ並べた枡《ます》の前に座ったものの、削り節のより分け方が如何にもぞんざいだ。向かい合って座っていると、余計に目につく。

「よく見てより分けねばいかんぞ。薄いのは出汁取りと盛りつけた後の飾りに使う。短いのは揚げ出しの衣にする。分厚いので隠元《いんげん》を浸《ひた》しにする。わずかのことに思うやもしれんが、歯触り舌触りの違いは、味と深く通じておるのだ」

ひと説教をぶってみたが、ろくな返事も寄越さない。十三歳になって、ときには大人びた姿も垣間見《かいまみ》えるようになった倅だが、虫の居所が少しずれると、てきめん幼さが目立つ。

草臥《くたび》れているせいか、道場で負けっぱなしだったのか。何にせよ、情けない姿だ。軍兵衛の苦労が身に沁みた。

「そうやってあからさまにふて腐れて、恥ずかしいと思わんのか。五つ、六つの子どもでもあるまいに」

「父上のお申し付けどおり削り節を分けております。『ふて腐れて』なぞいません。父上が、勝手にそう決めつけておられるだけです」

「その物言いが、ふて腐れておると言うのだ。顔も四角にふくれて、みっともない」

しゃべるうちに段々腹が立ってきた。

「ふくらんだ顔は生まれつきでございます。父上に似たのですから、わたしのせいではありません」

ああ言えばこう言う。むくれたときの志織にそっくりだ。ひとつ拳固《げんこ》を喰らわしてやろうと腰を上げかけたところで、小一郎と並んで作業をしていた主水が、押し殺した声でクスクス笑い出した。

父子喧嘩の因《もと》は、主水の削り節だ。張本人が笑っていてどうする。

立ち上がろうとするむかっ腹を、惣介がぐっと引き留めている間に、小一郎が口を開いた。

「主水さんが鰹節をきちんと削っていれば、面倒はなかったのです。それを、他人《ひと》事《ごと》のような顔で、笑ったりして。呆《あき》れたお方だ」

いいぞ、小一郎。よく言った。掛け声を飛ばしたいところだが、大人はつまらない。

「これはご無礼いたした。まことに小一郎さんの仰るとおりだ。それがしの削り方が拙《つたな》いばかりに、ご面倒をおかけする。面目次第もない」

「まったくだ。こんな下手な削り方をしては、鰹節が痛がって泣いたでしょう」

主水の笑い声と詫びでようやく気が晴れたらしく、小一郎は遠慮のないことを言ってにやりと笑った。

「主水さんのお国には、鰹節はないのですか」

「ござらん。汁物の出汁は、鶏や牛の肉や骨から作ります」

「牛を食べるのですか。そいつぁ豪儀《ごうぎ》だ」

今度は団栗の目がまん丸になって、父親似の団子鼻がむっくりとふくらんだ。

「わたしも英吉利に住んで、朝、昼、晩、牛を食べたら、背が伸びるでしょうか。いま少し背丈があれば、剣術もぐっと強くなれる。五尺足らずでは話になりません」

どうやら、背の高い相手にしこたま面《めん》を取られたようだ。これもまた父親似の小太りな丸い体は、剣術では分が悪かろう。ちと気の毒ではある。

「牛を食べて背が伸びるかどうかはわかりかねるが、小一郎さんが、この国に生を受けて幸《わい》いだったことは確かですぞ」

主水は桃色の顔を引き締めた。高くなった陽射しが台所を明るく照らして、主水の目は透きとおった藍色《あいいろ》に見えている。「幸《さいわ》い」と、直すのは止《や》めにした。

「何と言うてもこの国では、もう二百年以上も戦《いくさ》が起きておりませんからな。同じ二百年の間に英吉利は、大きなものだけ勘定しても、七つ戦をしましたよ。惨《むご》い殺し合いが、七度も繰り返されたのです」

小一郎は黙ってうなずいただけだったが、削り節を選ぶ手が丁寧になった。

「いまひとつは」

主水は温かな声音で言葉を継いだ。

「小一郎さんは学問をして剣術を習い、日々、立派な武士になる支度をしておられるが、そうした暇をもらえない子どもが、英吉利にはたくさんいます」

「江戸でも、町人の子は十《とお》になると、丁稚《でっち》奉公《ぼうこう》に出たり、職人の親方の弟子になったりいたしますよ」

張り合うように、小一郎が言い返した。

「幼子《おさなご》が働かされるのは、何の自慢にもなりませんよ、小一郎さん。英吉利では、四、五歳の子が、〈ちむにい〉の掃除に使われます」

小一郎は豆狸の顔を赤くして伏し目になった。的外れに勝ち誇ったのが恥ずかしくなったのに加え、〈ちむにい〉が何のことかわからなくて返事に窮《きゅう》しているようだ。

「〈ちむにい〉とは、何ですかな」

甘い親は、つい助け船を出した。

「竈や炉につなげて、屋根の外に煙を出してやる筒《つつ》でござる。英吉利の家屋敷は、石造りで隙間《すきま》がありませぬゆえ、〈ちむにい〉はなくてはならぬものです」

どうやら英吉利では、煙出《けむだ》しの窓を屋根に拵《こしら》え、ちむにいと呼ぶらしい。

「風の通りが良くなるので火も威勢良く燃えて、至便《しべん》な仕掛けですが、煤《すす》が溜《た》まりやすい。三月《みつき》に一度は掃除せねば、煤が詰まって用をなさなくなるばかりか、火事にもなりかねません。ところが〈ちむにい〉の中は大人が入るには狭くて細い。それで、幼子を使って煤を掻き取らせるのです」

「それはまた、手伝わせて見守る親も、気が気でなかろう」

年末の煤払い同様、〈ちむにい〉の掃除も各家でやるもの——惣介はそう思い込んでいた。そんな惣介に主水は、脆《もろ》く華奢《きやしや》な生き物を、慈《いつく》しむかのように、柔らかな視線を注いだ。

「惣介殿、〈ちむにい〉の掃除をするのは、親に売り払われてきた子どもです。見守る者などおりません」

惣介は思わず、小一郎と顔を見合わせた。
四、五歳といえば、この国ではまだ大人の背に負われ、日がな一日、遊んで暮らす年頃だ。母親の乳にしがみついている子もいる。そのあたりは、親がお大尽でも裏長屋の住人でも同じだ。
「〈ちむにい〉は屋根に突き出た高い筒ですから、その掃除は、体の動きもまだ覚《おぼ》束《つか》ない子どもには危うい役目です。足を踏み外したり、煤で息が詰まったり、ときには熉《くすぶ》る火の上に落ちたり、毎年、幾人もの子どもが死にます」

　ふと眉《まゆ》を曇らせ、主水はそれっきり黙りこくった。

　江戸にも諸藩にも、無残なことは度々起こる。だが、海の向こうに広がる浮き世が、この国より優れて暮らしやすい、というのでもなさそうだ。

〈この男がこの国に留《とど》まることを承知したのは、英吉利の憂き世で恐ろしい目に遭ったからやもしれん〉

　言葉も暮らしぶりもまるで違う国に、好き勝手に表を歩くことさえできない境遇に、選んで身を置くからには、よほどの理由《わけ》があるはずだ。その理由が〈ちむにい〉掃除で命を落とした子どもにまつわることだとしたら、主水の胸のうちには深い涙の池があるのだ。

　目の前に座っている大男が、餌と寝床を求めて木戸をくぐってきた痩せ猫のごとく、庇護《ひご》すべき相手に思えてきた。

　薄く削れた鰹節を使って、主水に出汁取りの稽古をさせ、大鍋一杯の出汁ができた。

「出汁は、味噌汁と甘煮《うまに》と揚げ出しの葛餡《くずあん》、それから隠元の浸しにも、ちと使う」

普通、揚げ出しは大根で作るが、今朝は削り節を衣にして、揚げ出し豆腐を拵えるつもりだった。

「汁の実は白瓜《しろうり》と茗荷《みょうが》にしよう。主水殿は」

しゃべりながら、惣介は笊《ざる》に洗い上げた小ぶりの白瓜を、俎板に載せた。

「これを縦半分に割って、中の瓜の種とわたをほじり出して下され。小一郎は、鶏小屋で卵を拾うて、庭の畑で隠元をもいでこい。それが済んだら母家に戻って休むがいいぞ」

小一郎は、父親をがっかりさせる満面の笑みで笊をひっつかむと、台所を飛び出していった。

「まだまだ子どもで——。ときどきは、料理に興《きょう》を覚えることもあるのだが、台所人の跡目を継ごうと心を決めるまでには、至っておらんのです」

惣介がため息交じりに笑うのを、主水はえらく深刻に受け止めた。

「それはお困りでしょう。差し出口をきくようだが、それがし、小一郎殿に説き勧める労を厭《いと》いませんぞ。諄々《じゅんじゅん》と説けば、必ずや得心して、嫡男の務めを果たす気になりましょう」

「いや、どうしても小一郎が継がねばならんわけでもなし。鈴菜に婿を取ることもできる。なんなら、御家人株を売って料理屋を始める手もある」

主水がぽかんと口を開いている間に、惣介は兵馬の彫った大根の猿や猫を水を張った鍋に落とし、米粒を散らして火にかけた。煮崩れを防ぐための下拵《したごしら》えだ。夏大根の辛味も、これで大方なしにできる。普段なら米の研《と》ぎ汁で茹でるところだが、主水が研ぎ汁を捨ててしまったから仕方がない。

ついでに炊きあがった飯の釜を下ろし、薪を足して、新しい水を汲んだ鍋を置いた。

「御家人株を売るとは、誰に売るのです」

主水の口がようやく動いた。白瓜には手もつけていない。

「町人のうちには、武家になりたい酔狂者《すいきょうもの》もいますからな。その者たちに売る。噂では、近頃でも、そこそこの値で売り買いされているようだ」

「武士は身分が高い。なにゆえ、それを手放すのです」

「諸藩のことは存ぜぬが、幕臣はたいてい懐が寂しい。札差《ふださし》から借りた金もある。株を売った代金で嵩《かさ》んだ借金を返し、町人になって小商いでも始めたほうが、暮らしが楽になる。そんなところだな」

「武士は町人より上の立場でござろう。それでありながら町人より金に困っているのは、如何にも妙ですぞ。富裕な町人たちからもっと金子《きんす》を召し上げて、幕臣の禄を増やせばよい。なにゆえ、そうせぬのです」

どこが妙なのか。さっぱりわからない。

蒟蒻の湯通しやら、隠元の筋取りやら、することはまだたっぷり残っている。べちゃべちゃの飯を、粥に作り替える作業もある。主水の問いに答えるのが段々面倒になってきた。

「刀を差して威張っている上に、金までむしり取っては、盗賊と変わらん。それでは武士の道に反するだろう。当たり前のことではないか」

今度は何に驚いたのか、主水が、蒼《あお》い目の玉を転がり落ちないかと心配になるほど剝《む》いて、白瓜と木べらを握りしめた。

「ともあれ、この話はまたいずれだ。しゃべってばかりでは、いつまでたっても朝餉が出来上がらん」

苛立《いらだ》ちが顔に出たらしい。主水は慌てて白瓜をほじりだした。そのやり様がどうにも不器用だ。端から進めて掻き取っていけばよいものを、行き当たりばったりに木べらを突っ込んでは、わたと種を俎板の上に散らばし、また別の場所に突進する。

(熱心なのは認めるが、この男には丸っきり料理の才がない。はてさて)

惣介がかぶりを振りながら蒟蒻の湯通しを終えたところへ、小一郎が笊いっぱいの隠元と小さな卵をふたつ運んできた。

「あれ、朝からえらい豪勢に作ったはりますなあ。わたしもお相伴《しょうばん》さしてもらお」

母家へ逃げていく小一郎と入れ替わりに、主水といくらも変わらないひょろ長い姿が、勝手口に立ちはだかった。

雪之丞だ。

「末沢はん、料理の修業はどうどす。惣介はんにややこしこと言われて、困ってはるんと違いますのん」

惣介が主水隠しを焦るまでもなく、雪之丞はすでにちゃっかり事情通なのだった。

(此奴のことだ。ずっと前から、浅草の天文台にも出入りしておったのやもしれん)

どこで主水の料理修業を聞き込んだかはともかく、嘘臭い言い訳をせずに済んだのは何よりだ。それに、何の用事で来たのかは知らないが、今日の雪之丞は、飛んで火に入る夏の虫である。

「主水殿、良いお師匠《しょ》はんが来たぞ。雪之丞、相伴させてやるから、主水殿に味噌汁の作り方を伝授してくれ。実は白瓜と茗荷だ。ついでに隠元の浸しも頼む。鰹節をじゃぶじゃぶ使わせてやるから、恩に着るがいい」

言うだけ言うと、雪之丞に四の五の言う隙《すき》をつかまれないよう、惣介はばたばた働き始めた。まずは沸いた湯に蒟蒻を放り込み、米粒入りの鍋から大根を出して、水でよく洗った。それから、水切りの済んだ豆腐を六つに切り分けた。

けれども今日に限っては、忙しいふりは、いらぬ心配に終わった。雪之丞お得意の「文句たらたらの術」が出なかったのだ。

とびきり腹が減っていたのか、料理をするのが習い性になっているためか。珍しく雪之丞が、文句も当て擦《こす》りもなしに、片肌脱いだのだ。主水のほじっていた白瓜を見て、長々とため息を吐いた後で。

茗荷を千に刻む心地よい包丁の音を聞きながら、惣介は冷ました蒟蒻を二分の厚さに揃えて縦に切り込みを入れた。台所に満ちた茗荷の清涼な香りが鼻をくすぐる。吹き出した汗がすっと引いてゆく気がした。

蒟蒻のほうは、片端《かたはし》を中に通して、両端《りょうたん》から引っ張ってやれば、手綱《たづな》蒟蒻の出来上がりだ。味も良く浸みるし、見た目も可愛らしい。大根の猿や兎とともに、砂糖と味醂《みりん》が多めの甘煮《うまに》にすれば、双子が——ひいては隼人が喜ぶ。

親馬鹿を快く下男殺しの探索に引きずり込むための鍋を竈《わな》にかけ、落とし蓋をして火加減を整えていると、傍の台でほわっと湯気が上がった。豆の気配を微かにはらんだ青い匂いで、隠元が絶妙の茹で加減だとわかる。

（雪之丞は大した指南役だ。瞬《まばた》きする間に、主水の腕が上がった）

感嘆してふたりのほうを見ると、主水が両手をだらんと垂らして所在なげに立っていた。雪之丞は手解《てほど》きすることもなく弟子を放り出して、ひとりでどんどん仕事を進めているのだ。

惣介は「おい」と苦情を言いかけてやめた。

（見ていてわからぬものなら、手取り足取りしてもわかるまい）

せっかく着々と朝餉の支度が調いつつあるのだ。ここは黙っておくに限る。

「惣介はん。あとは味噌汁の仕上げだけどすけど、お粥《かい》さんもやっときましょか」

惣介が豆腐を葛粉《くずこ》の上で転がし、卵の白身をくぐらせて、削り節をまぶしたところで、雪之丞が隣にやってきた。

「そうしてもらえると、出来たての揚げ出しが食える」

「へえ、削り節の衣やて。ちょっと面白おすなぁ。甘辛の葛餡がよう合いますやろ」楽しげに言った後で、雪之丞はきゅっと真顔になった。
「例の外記はんの刃傷沙汰ですけど、なんや気になる話を聞いたんどす。ご飯が済
んでからでよろしよって、ちょっとお耳貸したっておくれやす」
竈のほうから、甘煮《わな》の煮上がりを知らせる、醤油《しょうゆ》と砂糖の入り交じったとろんと
した香りが流れてきた。話の中身次第では、雪之丞も四谷へ連れて行くことになり
そうだ。

せっかく丹精して拵えた朝餉ではあるし、賑やかに食べたほうが良かろう、とい
うので、離れの炉端に六つ膳を並べて、志織と鈴菜も呼んでやった。主水が来て三
日目にして、女人禁止はすでにぐだぐだ。先が思いやられる。
「削り節の衣がカリッと歯に触って、鰹節のええ匂いが鼻に来て、熱々のお豆腐が
口の中で崩れると甘辛の餡がすっと寄り添うて、これは美味《おい》しおすなぁ。難を言う
たら、ちょっと量が少ない」
雪之丞が入ったからいちだんと少なくなったのだが、それは言わずにおいた。
しゃもじにべったりと粘り着くような出来損ないの飯から、上澄《うわず》みの重湯《おもゆ》はとろ
とろなめらかで、米はふっくらと甘く、それでいて舌触りはさらさらの粥を作って

くれたからだ。

「削り節は、それがしが作りました。小さく削るにも、こつがございまして……」

主水が得々と鰹節削りの苦心を語りかけるのを、志織が素知らぬ顔でさえぎった。

「隠元のお浸しも、こんなに贅沢《ぜいたく》に削り節を使うと、立派な主菜でございますねぇ。お粥によう合います」

「お粥《かひゆ》になった飯は、それがしが炊《や》きました」

主水がまた自慢顔になる。

「飯炊きをしくじったのが主水さんの手柄なら、庭の隠元をもいだわたしも、褒められたい」

小一郎が言い張って、皆が笑った。

浮き世には、飯を食うという、何にも代えがたい楽しみがある。それを放り出して死に急いだ外記も、その喜びを永久《とこしえ》に戸部の下男から奪った下手人も、大馬鹿者だ。

（四）

「ほな、まあ、お耳だけ拝借《はいしゃく》」

膳の片付けを主水に押しつけ、甘煮を重詰めにし始めると、雪之丞が茶を運んできて、傍に腰を下ろした。

「お城の評定《ひょうじょう》は、でんでん虫みたいにのろのろしてます。そいでも、なんとのう、外記はんやなしに、わたしが夏場に河豚《ふぐ》を料理したいう、閻魔《えんま》さんが湯気立てて怒らはるような嘘をついた、あの阿呆《あほ》な人らに責めが集まってるみたいで。まあそれはよろしんですけど」

件《くだん》の西の丸書院番たちが、外記の切っ先から逃げ惑《まど》ったことは、雪之丞にとっては二の次、三の次だ。料理人としての誇りをないがしろにされたことが、許し難い罪状なのである。

「外記はんが書院番詰め所へ斬り込むときに、真傍《まはた》に居てて、わざと止めへんかったお旗本がいてるて、ちらっと小耳に挟んだんどすけど、どなたやったか知りまへんか」

「地獄耳のおぬしが知らんことを、俺が知るわけもなかろう」

「地獄耳て、えらい世間に聞こえの悪い。もの知りとか、博聞《はくぶん》とか、いくらも言い様がありますやろ」

「『世間の聞こえ』など気にしたこともないくせに、調子のいい奴だ。俺は評定の進み具合さえ知らなんだが、外記を追いつめた連中が処罰されるなら、それはめでたい」

外記には、仇《あだ》を討ってくれる四十七士はいない。暴挙には違いないが、ご公儀への忠義心から及んだ凶行だ。そこを評定所が酌んでやってくれるなら、隼人の慰めにもなる。

「まあそうですけど、わたしが漏れ聞いた話がほんまやったら、一番あかんのんは、その旗本ですやろ」

言うとおりだ。もし本当に『わざと止め』なかったのなら、その旗本は本多伊織《ほんだいおり》を始《はじめ》とする三人の書院番と外記を、なぐさみで見殺しにしたことになる。

「だがなあ、ただ気圧《けお》されて、手も足も出なんだだけやもしれんぞ。あるいは、外記の空惚《そらとぼ》けにすっかり騙《だま》されたか」

隼人でさえ、外記が心の奥底に隠した決意を見抜けなかった。よくわからないが、本当に腕が立つ者は、殺気を感じさせずに剣を抜くというし。

それにまた、人は何かにつけ、おのれにとって本当に不都合なことはまず起こらない、と思いたがる生き物でもある。その旗本も、外記が馬鹿なことをしでかさない、と信じたかったのかもしれない。

（俺もすぐ、滅多なことはない、と決めてかかる質《たち》だ。そうでも思わねば、浮き世を渡っているのか、三途《さんず》の川を渡っているのか、覚束《おぼつか》ん心持ちがするだろうし）

頭の中で余計な考えをくるくる回しているうちに、ふと下男殺しのことが、頭の片隅をよぎった。

殺された下男の主、戸部は、外記とは組の違う西の丸書院番——旗本だ。雪之丞が、外記を止めなかった旗本の噂を漏れ聞いたのと時を同じくして、戸部の下男が殺された。たまたまだろうか。

「惣介はん、何か思い当たることがあるんどすか」

「ふむ。そのことで、これから隼人に会いに行く。おぬしも四谷までつき合え。道々、細かく話す」

雪之丞は嫌とは言わなかった。

猿と兎と猫と蒟蒻の甘煮は、片桐家の双子にたいそう評判が良かった。

「いつもは大根も蒟蒻も嫌がってなかなか食べてくれませんのに、まあ、ふたりとも嬉しそうに」

と、ご新造の八重も目を細めた。信乃も仁もそれぞれ兎と猫をつかんで、ちゅうちゅう汁を吸っているばかりだったから、厳密には大根を食べている、とは言えない気がした。が、寝《ね》入《い》り端《ばな》を起こされた隼人の機嫌を取り持ったのだから、企ては上々吉と出たわけだ。

甘煮に沸く双子と嫁姑を台所に残し、惣介と雪之丞は奥の間に通された。用が済んだらもうひと寝入りするつもりらしく、隼人の夜具は畳んだだけで座敷の隅に寄せてある。残念ながら、隼人が今度この夜具にもぐり込めるのは、暮れ六つ（午後七時頃）過ぎに違いない。

「おぬしにこの話を持ってくるのは、気が重かったのだが……西の丸書院番に、ちと関わる話だ」

怖怖《こわごわ》と切り出すと、案の定、笑んでいた隼人の眉は曇った。それでも雪之丞から評定の進み具合を聞くうちに男前の顔は晴れやかになってゆき、惣介が下男殺しのことを話し終える頃には、眠たげな様子は跡形もなく消えていた。

「戸部武兵衛のことは、俺も少し探ってみた。とかく評判の悪い男だ。人を苛《さいな》み困らせて喜ぶ癖《へき》があるらしい。その下男も、戸部の力を笠に着て、あちこちで恨みを買うておったのやもしれんな」

「弟の山川右近も、人を苛《いじ》め追いつめるのが、嬉しくて堪《たま》らん奴だった。兄弟揃って迷惑な質だ。実は、雪之丞が妙な噂を聞き込んでな。俺はこの噂と戸部の下男が殺されたことが、どこかで絡んでいる気がするのだ」

惣介の前口上を受けて、雪之丞は得々として、外記が書院番詰め所へ斬り込む間《ま》際《ぎわ》に傍にいた旗本、の話を語った。途端に、隼人が立ち上がった。頬から血の気が引いていた。

「くそっ。戸部の奴、俺は決して許さんぞ」

袴も着けないまま、刀掛けから大小を引っつかみ、座敷を飛び出そうとする。

「隼人、先走るな。すまん。俺が言葉足らずだった」

惣介は叫びながら、入口の襖《ふすま》に転がり寄った。

「え〜い。五月蠅《うるさ》いぞ、惣介」

曖昧《あいまい》な前置きが、隼人を混乱させたのは確かだ。が、迂闊《うかつ》な独り合点も、目を剝いていきり立った姿も、いつもの隼人ならあり得ないことだ。

「落ち着いてよう聞け。殺されたのは戸部の下男だが、外記をわざと止めなんだ旗本が、戸部かどうかはわからん。そもそも、本当にわざと止めなかったのかさえ、はっきりせん。もっと言えば、そんな旗本が実際にいたのかどうかも……」

「居《お》ったんは間違いない話です。頼みにできるお人から聞いた話ですよって。そのお旗本は、外記はんのちょっと後から、書院番詰め所のはしご段をそぉっと上がってって、すぐに下りてきたんやそうです」

のうのうと腰を据えたままだった雪之丞が、長閑《のどか》な声を出した。それから、ゆっくり隼人のほうへ向き直った。

「けど、お旗本がどなたはんやったかは、聞き込んでみな、わからへんことやし。今ここで、戸部はんやぁ、て決めつけたらあきまへんやろ。片桐はんのお気持ちは、それでちょっと楽になるんかもしれまへんけど」

癪《しゃく》に障《さわ》ることに、雪之丞の間延びしたしゃべりは、惣介がわめくよりずっと効き目があった。隼人がうなだれて、立ち尽くしたのだ。

「……なるほど。雪之丞の言うとおりだ」

その場にすとんと座り込み、両掌で顔を覆《おお》って嘆息する。静まった座敷に、台所から仁のむずかる声が届いた。

「今の俺は仁と変わらん。姿のはっきりした仇を欲しがって駄々をこねている。ない物ねだりの痴《し》れ者だ」

「止《よ》すがいい。おのれを罵《ののし》っても、腹の足しにはならんぞ」

何も隼人ばかりが痴れ者なのではない。

大きな災害、思いがけない貧窮《ひんきゅう》、近しい者の理不尽な死——受け入れがたく口惜《くちお》しい出来事が起こったとき、人は多かれ少なかれ、責めを負わせる相手を必要とする。だが、たいていそれは八つ当たりだから、詰《なじ》られたほうは迷惑至極《めいわくしごく》。責めた挙げ句も、碌《ろく》なことにならない。

一対一の仲違《なかたが》いで済めばましなほうで、こちらも多勢、相手も多勢だったときには、戦が起きたり、互いに殺し合いになったりする。ときには、世間とは毛色の違うひと群れが、責めを押しつけられ痛めつけられることとさえ起きる。

かといって、憤《いきどお》りを身の内に抱え込めば、憤怒《ふんぬ》はおのれの体を蝕《むしば》み胸を焼く。

(どう折り合いをつければ良いのか、俺にもわからんが……)

隼人にはやるべきことが二つある。

ひとつ目は、噂の旗本が誰か突き止めること。其奴《そいつ》が、わざと外記を止めなかったのなら、それこそ真に怒りをぶつけるべき相手だ。そうでなかったとしても、斬り込む前の外記の様子を訊くことができる。

ふたつ目は、下男殺しが外記の刃傷沙汰に絡んでいるのかいないのか、を探ることだ。絡んでいたときには下手人を挙げて、評定所に突き出せる。絡んでいなくても、下手人を挙げれば、津田軍兵衛を安堵《あんど》させられる。惣介も引き受けた役目を果たせる。

良いことずくめだ。

「隼人、独りでくしゃくしゃ考え込んでおっては、おのれを追いつめるばかりだぞ。動いてみるのが良かろう。三人寄れば文殊《もんじゅ》の知恵というし」

「あれ、わたしも数のうちに入ってますん……やれやれ」

大げさに嘆息して見せたが、今度ばかりは雪之丞も渦中にいる。向こう岸の火事、とばかりに知らんぷりを決め込む気にはなれまい。

（いや、知らんぷりしたくても、できんのやもしれん）

雪之丞の早耳が間違っていたことは一度もない。しかも話の中身は、評定所で詮《せん》議《ぎ》されている出来事に関わるものが多い。雪之丞の『頼みにできるお人』は、寺社、町、勘定の三奉行の誰かか、さもなければ、老中のひとりのような気がする。

評定が進んだ結果、外記を押しとどめられなかった者たちに、厳しい処分が下る情勢になってきた。

命を落とした者や手傷を負った者を含め、外記を押しとどめられなかった同じ組の書院番が等し並みに処罰を受けるなら、場に居合わせた別の組の書院番や旗本にも、なんらかの報いがあってしかるべき、との意見が出るのは必定だ。

となると、西の丸に居合わせた他組の書院番も、書院番でなくとも外記を止められる立場に居た者も、そのことを何とか押し隠し、知らぬ存ぜぬで済ませたかろう。

今回、雪之丞が早朝から惣介を訪ねて来たのは、幕府中枢《ちゅうすう》にいる『頼みにできるお人』から、外記を（わざと）止めなかった旗本を見つけ出すよう命ぜられたため、ではなかろうか。

そう考えれば、雪之丞がいつになく大人しく、朝餉の支度を手伝ったことも、隼人の家までついてきたことも、得心がいく。雪之丞のほうこそ、惣介と隼人の助けを必要としているのだ。

（ならば、突《つっ》けばもっと手がかりを吐くはず——）

惣介は雪之丞の真ん前にどんと胡座をかいて、下から四角い顔を睨み据えた。

「やれやれでは誤魔化されんぞ、雪之丞。ただ『旗本』だけでは、あまりに茫洋《ぼうよう》としておる。おぬしの『頼みにできるお人』は、もう少し詳しく聞かせてくれたのではないか」

「あれ、惣介はん、いつからそんに疑り深うならはったんです。漏れ聞いただけのことは、全部お話ししましたのに」

「ふん。なら、俺と隼人は下男殺しの下手人捜しに専念する。旗本のほうは、おぬしが見つけ出せばよかろう」

「まったくだ。手がかりを隠すような輩《やから》とは、ともに探索なぞできん。下男殺しを見つければ、惣介が世話になった津田殿に義理も果たせるしなあ」

察しの良い隼人が、雪之丞の背中ごしに惣介を見て、にやりと笑った。

「ふたりして、ようそんないけずが言えましたな……そらまあ、あとちょっとは聞いてますけど、どれも、もしかしたらぁとか、たぶんとか、前に引っ付けなあかんことばっかしですよって」

「それでも、何の取っ掛かりもないよりはましだ。聞かせてもらおうか」

隼人が凄《すご》みのある低い声を出して、太刀をかちゃりと鳴らした。

「もう、かなんわ。間違うててもわたしのせいやあらしませんよって」

雪之丞は念を押すように、惣介と隼人を代わる代わる眺めて、ようやく口を開いた。

「旗本同士、言うても、大方は顔も名前も役目も知らんのんが、この頃の幕臣のつき合いですやろ。それへ持ってきて、外記はんは人づきあいが少なかったし、刃傷沙汰に及ぼうか、いう前で怖い顔してはったやろし、場所も書院番詰め所のはしご段やし」

恐らく口止めされたことを話しているのだろう。雪之丞は、ごくりと喉を鳴らした。

「話ができたお旗本は、西の丸書院番の別の組のお人か、通うてた道場のお仲間やったんと違うやろか、て……」

「なるほど。一理ある」

そう言って、隼人は考える顔になった。外記と交流のあった道場の仲間を、ひとりひとり思い浮かべているのだろう。

西の丸書院番は、組頭を含め総勢四十人。組に分かれ、それぞれ番頭《ばんがしら》の下に配属されている。そうして、各組で、当番、宿直、宿直明け、非番を順繰りに繰り返す。外記が人と誼《よしみ》をつなぐことを苦手としていても、三十九人の西の丸書院番とは、嫌でも顔見知りになっていただろう。

「外記はんと同じ、酒井山城守《さかいやましろのかみ》さんを番頭としてはる組《おんな》の書院番の面々は二十人、みんなお名前が出てます。あと、他の組からもお二人、書院番詰め所の二階にいてはったのが知れてます」

「三十九引く二十二、残るは十七人か……」

旗本八万騎《はちまんき》よりはずいぶん減ったが、それでも誰かひとりをあぶり出すのは事《こと》だ。旗本は、当番や宿直で出仕する折りには、それぞれの石高に遵《したが》った供揃《ともぞろ》えを整えて行く。が、役目を終えて下城するときや、非番に用があって城に足を運ぶ際には、そう堅苦しいことは言われない。

いちいち調べたわけではないが、下男だけ連れてとか供なしでとか、いたって身軽に登城する場合も間々あるようだ。非番だからあるいは宿直明けだから、といって城にいなかったとは決められない。

「源太郎《げんたろう》に当たってみるか、なあ隼人」

惣介の呼びかけに、隼人がびくりと肩を揺らした。よほど深い物思いにふけっていたらしい。

「……源太郎か。神尾五郎三郎殿を助けた六尺《ろくしゃく》だな」

六尺は駕籠《かご》を担《かつ》ぐのが主な役目だが、力仕事や雑用もこなす。

源太郎は西の丸表の六尺だから、昼間の当番の下城に合わせて、七つ（午後五時頃）少し前から表廊下の周辺に控えていただろう。書院番詰め所の周囲で用命を待っていたなら、何か見ていてもおかしくない。もちろん、まるで離れた場所にいて、騒ぎを聞いて駆けつけただけということもあり得る。

「よし。源太郎をとば口としてみよう」

隼人は何かを吹っ切るように、ふっと息をついて腰を上げ、身支度にかかった。

（もしやして、道場仲間に心当たりを見つけたのか）

そんな気がした。たとえ疑いを抱いてもそれが親しい人物なら、証をつかむまで隼人は黙っているだろう。腹づもりができるまで、待つしか仕方がない。

（五）

四谷へ行く道中は、隼人の機嫌を危ぶんでいたし、雪之丞に細かな事情を話していたためもあって、周囲に気を配るゆとりはなかった。が、無事、隼人を引っ張り出し、城に向かいながら改めて眺めると、空にはいくつも幟《のぼり》がはためいている。

明日は皐月五日《ごがついつか》。端午《たんご》の節句だ。

四谷御門に通じる大きな通りは、隼人の家を出てからしばらく伝馬町《でんまちょう》に面しているから、屋根に翻《ひるがえ》っているのは鯉幟《こいのぼり》。

通りの左側が麹町《こうじまち》にかかると、右に武家地が広がって、幟の図柄は、家紋や武者絵、鍾馗像《しょうきぞう》になる。

（兵馬も外記も、高く幟を掲げてもらったろう）

殺された戸部の下男も幼い頃には、木版刷りの紙の鯉を棒の先に糸でくくりつけて走り回ったかもしれない。晴れ渡った天を仰ぎながら、気分がすっかり梅雨空になった。別のことを考えようと頭を横に振った途端、大事な忘れ物に気づいて大きな声が出た。

「我ながら許し難い失策だ」

「どうした。証の見落としに気づいたか」

十歩ほど前を歩いていた隼人が、驚いた顔で引き返してきた。並んで歩を進めていた雪之丞も立ち止まった。

「それどころではない。つくづくおのれの迂闊《うかつ》さが悔やまれる。もう一日後なら、隼人の家で柏餅《かしわもち》をたらふく馳走《ちそう》してもらえたのだ。それをすっかり失念して、今日、訪ねてしもうた。まことに惜しいことをした」

端午の節句に子孫繁栄を願って柏餅を食べるのは、七歳以下の男児が居る家だ。

惣介の家で柏餅を作らなくなって、もう六年になる。

「惣介。今のは気散《きさん》じに並べた戯れ言だな。違うなら殴る」

「ふん。戯れ言なものか。俺の日々刻々は、常に台所人としての研鑽《けんさん》を第一として刻まれておる。本来なら皐月五日は、各家を巡って柏餅を食べ比べるくらい、千辛《せんしん》万苦《ばんく》せねばならぬところだ。それを探索に気を取られて忘れているようでは――」

「わかった、わかった。明日、食べに来れば良かろう。八重と母上が去年同様、近所に配れるほど糯米《もちごめ》と小豆を買い込んでおった。柏の葉も、おっと……」

隼人が中途で話しやめて飛び退《の》いた。路地から走り出てきた菖蒲打《しょうぶう》ちの子どもに突き当たりそうになったのだ。手に持った菖蒲刀《しょうぶがたな》は、三つ編みにした菖蒲の葉がびりびりに切れている。一日前から早手回しに、遊び尽くしたところらしい。草の青い匂いが、鼻をつんと通り過ぎて行く。

「菖蒲いうたら、鈴菜はんの縁談はどうなりましたん。堀切村《ほりきりむら》の花菖蒲に入れ込んではったあのお旗本、なんちゅうお名前やったやろ……金太郎《きんたろう》はんどしたか」

坂を上るだけでも息が切れて難儀なところへ、雪之丞がいらぬことを思い出した。

「銀治郎だ。近森銀治郎。どうなったもこうなったも。鈴菜は銀治郎殿と遊び仲間になって、祭りだ、花見だと下男代わりのように連れ歩いておる」

近森家のほうからも、格段、話を進めようとは言ってこない。

「遊び仲間て、ほんまですやろか」

「ほんまも嘘も、鈴菜がそう言うておる。呼び方も銀ちゃん、銀ちゃんだぞ」

「そやかて、女の子は親を騙《だま》すんが上手ですよって。案外、惣介はんの知らんとこで、ちゃぁんと話ができてるのと違いますやろか」

「馬鹿馬鹿しい。そんなはずがあるか」

ふいと言い返し半《なか》ばで力が萎《な》えた。鈴菜の言うことをあっさり信じてきたのは、間違いだったか。

縁談の裏にひそむ戸部が、今回の探索に引っ掛かってきたら、どういうことになるのか。いや、それより、戸部が今度のことに何の関わりもなく、かつ、鈴菜が銀治郎に惚れていたら——額に汗が浮いてきた。

健やかに幸多かれと念じて慈しんできた。貧乏旗本に嫁がせ苦労させるため、戸部に苛《さい》なませるために、育てたのではない。

隼人と雪之丞は一足先に西の丸にたどり着き、惣介が追いついたときには、すでに源太郎を捜し当てていた。御《お》徒組《かちぐみ》詰め所の近くで、草むしりに励んでいたらしい。

源太郎は、駕籠《かご》を担ぐ役目にふさわしく、逞《たくま》しい体に利かん気な顔を載せていた。決めに従って、本丸表の六尺と同じ黒絹の長羽織を尻《しり》っ端《ぱ》折《しょ》りにして脇差《わきざ》しを差し、硬い肉のついた脛《すね》をむき出しに、素足で草履を突っ掛けている。

惣介は隼人、雪之丞、源太郎、三人の傍に立って息を整えた。体は汗だか冷や汗だかわからないものでねとつき、心は鈴菜のことで千々に乱れていた。

陽は中天にあって、月代《さかやき》をジリジリと焼き、外廊下に沿って広がる中庭にさえ、そよとも風が通らない。気持ちの救いはただ二つ。ようよう更衣《ころもがえ》で、明日から単衣《ひとえ》で過ごせること、片桐家の柏餅。それだけだ。

「惣介、ひどい顔色だぞ。暑さにやられたか。俺と雪之丞で源太郎に話を訊く。おぬしは門の外で風に当たってこい」

今さら気づかってくれるなら、もっとゆっくり歩いて欲しかった。

「そうはいかん。俺も源太郎に訊きたいことが、たんとある」

鈴菜の先行きもかかっている、と喉まで出かかったが呑み込んだ。雪之丞のへぼな推量に振り回されていると知られたくない。

押し問答をしているうちに、源太郎がひょいと姿を消し、すぐに濡れ手ぬぐいと大ぶりな湯呑みを持って戻って来た。

「暑気《しょき》あたりを甘く見ないほうがようございます。中庭も突き当たりの所なら木陰があって涼しい。そちらでお話しいたしましょう」

力自慢なばかりか、細やかな気配りもできる若い衆だ。津田兵馬同様、二十歳をひとつかふたつ越えた年頃だが、どっしりと構えた態度も、朗らかな笑顔も、頼もしく人好きがする。兵馬とはえらい違いだ。

外記の太刀に追われて逃げてきた神尾五郎三郎が、しがみついて助けを求めたのも、宜《むべ》なる哉《かな》、とうなずきたくなる。

中庭を横に仕切る外廊下に腰を下ろし、源太郎に手渡された湯呑みの水を飲み干し、濡れ手ぬぐいで顔を拭くと、ずいぶん体が楽になった。廊下の脇の青葉の繁った梅の古木から良い香りが漂ってきて、気持ちも落ち着いてきた。梅の木には、ほんのり紅を差した薄卵色《うすたまごいろ》の丸い実が、たわわに実って収穫を待ちかねている。

そうやって惣介がおのれをいたわっている間にも、隼人は源太郎に話を訊き始めていた。雪之丞は惣介の隣に腰を下ろしたが、隼人と源太郎は立ったままだ。

「事の起こる前に辺りにいたお旗本、でございますか。さて、どうでしたか。起こった後のことは、お調べを受けているうちに、たいてい思い出したんですが」

源太郎はじっと考える顔になって、書院番詰め所のはしご段に目を凝らした。

「七つが鳴ってずいぶんしてから、松平外記様がはしご段を上っていったのは、はっきり覚えておりますが、他のお旗本がいたかどうか……いや、待てよ」

額に右の拳《こぶし》を当ててると、源太郎は梅の根方《ねかた》にとんと腰を下ろした。その形のまま両目を閉じて、ぴくりとも動かない。頭の中で記憶をたどっているのだ。

「そうだ。七つが鳴る少し前から、書院番詰め所の近くをウロウロしていたお方がいましたよ。人待ち顔で」

思い出せたのが嬉しかったのだろう。源太郎は得意気に目を輝かせた。が、隼人の沈んだ様子に気づいて、すぐに笑みを引っ込めた。

「知ったお人どしたか」

「いえ、見かけないお顔でした。あの半裃《はんかみしも》姿は、本丸で当番を終えたお旗本でしょう。小柄ながらしっかりした体つきのお方で、歳は外記様より五つ、六つ上に見えました」

「さっき『人待ち顔』と言うたな。その旗本は外記を待っていたのか」

せっかく源太郎の憶えがどんどんよみがえっているというのに、隼人の声音と顔つきは暗くなるばかりだった。

「そうだと思います。おふたりが話をしたのは間違いないと……待てよ」

源太郎は短い髷を握って首を傾げていたが、独り合点にうなずいて顔を上げた。

「外記様が廊下に現れたとき、そのお旗本ははしご段を下りてきたところでした。七つを過ぎても外記様が姿を見せないので、すでに登城して上の詰め所にいるんじゃないかと考えたんでしょう」

「それで、はしご段の上り口で、ふたりが出会った、と」

惣介がつづきを引き取るのと同時に、隼人が深い息を吐いた。安堵したのだ。

雪之丞が聞き込んだ噂は、順番が逆だった。旗本の某《ぼう》――恐らく隼人の道場仲間で、外記とも親しかった誰かだ――が、書院番詰め所の二階から下りてきた後で、外記が上っていって刃傷沙汰になった。

某も隼人同様、嫌な思いをした翌日、宿直に入る外記を案じて、様子を見に来たのだろう。そうして外記の落ち着き払った態度に、すっかり欺《あざむ》かれたのだ。

「お旗本が声をかけて話し始めたところまでは、間違いありません。その後、わたしは〈蘇鉄の間〉のほうへ行ってしまいましたんで、どのくらい話していたかも、どんな顔つきで話していたかも、よくわかりませんけれど」

隼人の頬に血の気が戻ったのを心地よくながめ、腰を上げようとすると、隣で雪之丞がうなった。

「なんや腑に落ちまへんなあ。七つは昼間の当番やったお人らが、下城する刻限ですやろ。その本丸から来たお旗本と、外記はんしか見かけへんかったゆうのんは、おかしな話やおへんか」

「……ああ、どうやら、ひどい勘違いをいたしました。面目次第もございません。てっきり、西の丸勤めではないお旗本をお捜しだと思い込んで」

源太郎は真っ赤になって鬢をかきながら、二度、三度と頭を下げた。

精々二十俵取りで、三部屋に台所がついた長屋に住まう六尺が、訊ねられたことに正しく答えようと熱心に努めてくれているのだ。千五百石高の神尾が警護の役目を放り出して逃げたことを思い合わせると、幕臣面で座っているおのれが恥ずかしくなる。

無論、六尺にもろくでなしはいる。旗本も情けない者ばかりではない。わかってはいたが、それでも堪《たま》らなくなって、惣介は立ち上がった。

「おぬしが悪いのではない。こちらの訊き方がまずかったのだ。すまぬことをした。西の丸勤めの旗本で、事を起こす前の外記に話しかけた者はいたか」

「大勢が往き来していましたから、他にも話しかけたお方はいたやもしれませんが、わたしが見たのは、戸部武兵衛様だけでございます」

後ろで雪之丞がひゅっと息を呑んだ。隼人が険しい顔になった。源太郎は気配の変化に驚いた様子で、じりっとあとずさった。

「あ、あの、たぶん戸部様が先にはしご段を下りて来たんだったと思います。それで外記様に何か話しかけているところへ、もうひとりのお旗本がはしご段を駆け下りて来て話に加わったかと……相すみません。そこまでしか見てないんで」

「いや。十二分に思い出してもろうた。心から礼を言う。明日、閑があったら四谷伊賀町《いがまち》の拙宅を訪ねてくれ。倅の節句の祝いで柏餅がある」

隼人の勧めに、源太郎は一も二もなく乗った。「俺も当番が明けてから食いに行く。ちゃんと残して置けよ」と釘《くぎ》を刺したいところを、礼代わりに辛抱して、惣介は雪之丞、隼人の後ろについて西の丸を出た。


「片桐はん、源太郎が思い出してくれたお旗本に、心当たりがありますのやろ」

西の丸御門を出ると、雪之丞が待ちかねたように訊いた。お馴染みのやんわりしたしゃべりっぷりながら、声の調子に有無を言わせぬ響きがあった。

「ある。だが、あくまで心当たりだ。これから確かめに行くつもりだが、事情がはっきりするまで、名を教えるつもりはない」

「ほなら、わたしもご一緒さしてもらいましょ。よろしですやろ。片桐はんにもそのお旗本にも、ご迷惑はおかけしませんよって」

雪之丞がついてくることこそが、隼人にとってはいい迷惑だろう。が、雪之丞が言い出したら聞かない奴なのは、隼人も惣介も身に沁《し》みている。ここで断れば、どんな手を使ってでも、隼人の行き先を探ろうとするに違いない。結果、事態はこじれてややこしくなる。

「そんな怖い顔せんでも。もしそのお人が、片桐はんの読みどおり最後に外記はんと話したんやったら、わざと止めへんかった、ちゅうようなことはありませんやろ。そのへんの成り行きがはっきりしたら、わたしのご用は片付くし」

「俺の読みが外れて、その者が外記を待ちかねていた旗本ではなかったら、先方に気の毒だろう」

「なんでです。全然、関わりのないお方やったら、お名前がわかってもどうちゅうことないし、桜井雪之丞と顔見知りになれるし。そのお方にとってはええこと尽《ずくめ》ですのに」

雪之丞はどこまでも自信満々なのである。

「是非《ぜひ》もない。惣介、おぬしも来るか」

隼人が渋い顔をこちらに向けた。

「いや、俺は神田へ行く。兵馬に会って殺された下男と何を言い争ったのか、訊き出してみるつもりだ。源太郎の口から戸部の名が出て、ますます、外記の件と下男殺しにつながりがある気がしてきた」

「戸部の下男は、あの日、西の丸で見てはならぬものを見た。それが因《もと》で斬られた
――そんなところか」

「ほやけど、お供の中間や下男は、西の丸御門の内までは入れませんやろ。殺されないかんほどのことが見れますやろか」

理屈である。勇んでいた気持ちが、煮え立った湯に放り込まれた青菜のように縮んでゆく。

「まあ、気張っておくれやす。片桐はんのお家《うち》で待ち合わせ、いうのんでよろしやろ。無理を言うお詫びに、片桐はんには美味しい昼餉《ひるげ》をご馳走さしてもらいますよって。惣介はんも、屋台かどっかで、お昼済ましといておくんなはれ」

雪之丞が、鍋の端にへばりついていた青菜の残りを、菜箸《さいばし》で湯の中へ押し込むようなひと言をつけ足した。腹の虫が思い出したように鳴き出した。

（六）

おのれも腹が空いている。津田の屋敷を訪ねるのに、手ぶらというのも気が引ける。汗をかきながらとぼとぼ歩くうちに、日本橋《にほんばし》、南伝馬町《みなみてんまちょう》三丁目にある、鰌汁《どじょうじる》の万屋《よろずや》を思い出した。暑気あたりには鰌が効くのである。

ただし、鰌自体の旬は冬だ。軍兵衛に「夏に鰌なんぞ持ってきて」と思われるのは避けたかった。

文政になるまで、鰌汁は骨も臓腑《ぞうふ》も丸のまま煮る〈丸煮〉だったが、万屋の主が、裂いて頭も骨も臓腑も取り出した蓋丸煮を売り出した。これがたいそうな評判を呼んで、あちこちに蓋丸煮の見世ができた。

すでに真似している見世もあるが、万屋は開店当初から、鰌の他に鯰鍋《なまずなべ》や穴子《あなご》の蒲焼きもやっている。

（土産にするなら穴子がよかろう）

穴子は夏が旬の魚ではあるし、軍兵衛に旨《うま》い飯を炊いてもらって、自分が甘辛のたれを拵えて、鰻飯ならぬ穴子飯を一緒に食えば、兵馬の堅い口もぱかりと開くかもしれない。

旨い穴子飯を鼻の先に思い描いて、惣介の足取りは軽くなった。

「鰻も穴子もにょろにょろと、蛇《へび》の親族でしょう。それがしは、そんなものは食いません。気色の悪い」

艶良く炊きあがった飯に、醬油と味醂で見事な照りの出た穴子を載せ、たまり醬油、砂糖、味醂、酒を混ぜて少しとろみが出るまで煮詰めた甘辛のたれを上から回しかけ――軍兵衛と惣介が合作した穴子飯を前に、兵馬は、荒神様《こうじんさま》（竈の神様）に口をつねられそうな、罰当たりをほざいた。

「ならば俺が二人前食う。おぬしは指をくわえて見ているが良かろう」

親がいたのではこの男は何もしゃべるまい。そう考えたから、あらかじめ軍兵衛に頼んで、ふたりだけにしてもらった。親がいなければ、こちらも好き勝手なことが言える。

開けた障子から、時折、東風《こち》が迷い子のように流れ込んできて、首筋を撫でていく。隠居した軍兵衛が手をかけた庭はちょうど躑躅《つつじ》の盛りで、甘い香りは東風の中にも紛れ込んでいた。その向こうにはつぼみの膨らみかけた姫百合《ひめゆり》が、出番を待っている。塀の際では楓と柘植《つげ》の青葉が、さわさわと風に揺れていた。

（こんな心地の良い場所で美味い昼飯が食えるなら、兵馬がひと言もしゃべらんでも、善哉《よいかな》、善哉《よいかな》だ）

惣介は甘香《あまこう》ばしい湯気を立てる丼を持ち上げ、ひと口分をさっくりと箸に取った。

「まずはたれのかかった飯をひと口。ふっくらした熱々の飯に、たまり醬油の濃い匂いがよう合う。後からほんのり甘みがついてくる。さて穴子をいただこうかな」

万屋の穴子は、背開きにして丁寧に小骨を抜き、白焼きにしてから蒸してある。

「鰻も穴子も蒸し加減がむずかしい。蒸し足りないと骨っぽさが残って、舌触りが良くない。蒸し過ぎると、身がぱさぱさと柔らかくなるばかりで、風味も脂気も消えてしまう」

飯の上の穴子を箸でつまんで、兵馬に見せてやる。

「この照りと艶は味醂の手柄だ。そうしておぬしの鼻にも届いておるだろう。こくのある香りはたまり醬油の殊勲《しゅくん》だ」

見せびらかしてから口に運ぶと、穴子の持つ海の出汁の匂いが鼻から喉へと広がる。

「さっぱりしっとりした白身に、とろっと甘辛いたれが舌の上で絡まって、ほどよく焼けた皮がサクッと歯で切れる。ああ、これこそ浮き世の幸だな」

目を閉じて穴子の持つ潮の香りを楽しんでいるうちに、惣介はここにいる目当てをすっかり忘れていた。そうして目を開けると、兵馬が丼を抱えて穴子飯をかっ込んでいた。

「彼奴は久太《きゅうた》という名で、戸部様の知行地から連れてこられた田舎者ですよ。角細工のことなぞ何もわかっていないくせに、偉そうなことばかり言う奴です」

兵馬は殺された下男がまだ生きているかのように話した。

「皐月の朔日には、殴り合いにまでなったようだが、喧嘩の因は角細工か」

惣介も下男の久太を生きているものとして、兵馬に話を合わせた。

「いつも、誰とでもそうです。根付や細工の話になると、ずっとしゃべりっぱなしだと言われますが、何がいけないんだか。だいたい、久太は知り合って四百九十八日、それがしの細工をあれこれ品定めするばかりで、一銭も出したことがないんだ」

目の前に久太がいるかのように、兵馬は息巻いた。

「あの日も、彼奴が欲しがってた馬の根付を拵えて持っていったのに『今は銭がない』と言うんです。おまけに『近いうちに大金《おおがね》が入るから、そうしたら一両で買い取ってやる』と、こうですよ」

「それで、なにゆえ殴られる」

「『お前みたいな馬の世話しか能のない貧乏人に一両支度できるなら、今夜は満月が出る』と言うてやったら、いきなりつかみかかられたのです」

俗謡《ぞくよう》にある。『女郎の誠と玉子の四角、あれば晦日に月が出る』あり得ないものを集めた謡だ。晦日はつごもり（月がでない）と決まっている。

「そんなひどいことを言うたのなら、久太が怒るのも無理はない」

「そうですか。貧乏人を貧乏人と呼んだだけですよ。間違っちゃいない。それに彼奴は結句《けっく》、銭を持ってこなかった。未練たらしく『もうひとり、あてがある』と言いましたが、それっきりだ」

どこかがっかりした顔になって、兵馬は口をへの字に結んだ。

「あてが誰かは言わなんだのだな」

「言いませんよ。卯月二十二日の騒動がどうとか――人通りのある場所でごちゃごちゃしゃべられても、右から左に耳を抜けて行くばかりで、何のことだかわかりませんでしたし」

推量が当たった。下男殺しと二十二日の刃傷沙汰は、つながっているのだ。

兵馬に訊くべきことはすべて訊いた。あとは隼人と、集めた話をつき合わせるだけだ。

礼を言って座敷を出ようとして、しゃべり疲れたように背中を丸めている兵馬が、やけに気になった。

「久太と会えんようになって寂しいか」

「そんなことはありません」

声が一本調子に戻っていた。

「浮き世はてんでに渡るもんでしょう。一緒に飯を食おうが、話をしようが、同じ家に暮らしていようが、てんでんばらばら。そうやって暮らすほうが、手っ取り早いし楽です」

それは違う、と言いたかった。だが、人と関わってはしくじりを繰り返してきたであろう兵馬に、納得できるよう説いて聞かせるのは容易くない。それもわかっていた。

「おぬしの作った大根の猿と兎と猫だが、形を崩さぬよう上手く甘煮にしたぞ。片桐家の幼子がふたり、たいそう喜んでくれた」

言うだけ言って返事を待たずに、惣介は座敷を出た。

四谷に戻ると、片桐の家の傾いた門にもたれて、雪之丞が惣介を待っていた。卯月二十二日のちょうど同じ頃、同じ場所で、松平外記が隼人を迎えたことを思い出す。たった十日あまりの間に陽は長くなって、門の周囲の雑草も勢いを増していた。

こうして季節《とき》の移り変わりを眺める楽しみも、外記を浮き世に引き止める縁《よすが》にはならなかったのだ。

「はあ、たいがい待ちくたびれました。どこぞでなんか美味しいもんでも食べたはったんどすか。土産もなしで。おおきに」

開口一番、ありがたいご挨拶である。

「出迎えを頼んだ覚えはないぞ」

と言い返して、ひょいと兵馬の言葉を思い出した。『馬の世話しか能のない』久太は、戸部の馬の口取りを務める下男だったのだ。あの日も馬を連れて戸部を迎えに出て、見てはいけないものを見た、あるいは、聞いてはいけない話を聞いた。

そして、それをネタに誰かを強請《ゆす》ろうとした。

「隼人はどうした」

「寝てはります。『この件は今日の内に片をつける。寝足りん頭ではどうにもならん』とか何とか言わはって。それやったらお邪魔になってもあれやし、ここで惣介はんをお待ちしてました」

「とすると、隼人の知り合いの旗本は、源太郎の見た旗本とは別人だったのか」

「いいえぇ。ご当人どした。思うたとおり、外記はんのことを案じて、宿直の前に様子を見に行かはったんやそうです。そやから片桐はんが夜具にもぐり込みはったんです。惣介はんのほうは、どないでしたん」

話せば長くなる。雪之丞の言うことも要領を得ない。

「麴町《こうじまち》の《橘屋助惣《たちばなやすけそう》》で麩《ふ》の焼《やき》でも食おう。訊きたいことも話すことも、たんとある」

「あれ、ほしたら遠慮のうよばれます。おおきに」

いつの間にか馳走する羽目になった。毎度のことだ。近頃は諦《あきら》めも早くなった。

《橘屋助惣》は麴町の三丁目にあって、寛永《かんえい》年間、三代将軍家光《いえみつ》公の時代から、二百年近く江戸に見世を構えている老舗だ。ここの麩の焼は、ごく薄く伸ばして焼いた餅の皮に餡《あん》をくるんであって、すこぶる美味い。

見世先に作りつけの小上がりを設けて、焼き立てを茶と一緒に食べられるようにしてある。

「……となると、片桐はんは、先見の明があった、ちゅうことですなあ」

惣介が兵馬から訊き出した話を語る間に、麩の焼を三つ平らげて、雪之丞は満足そうにうなずいた。

「なんだって、そうなる」

惣介は五つ目の麩の焼を右手に取り、六つ目の載った皿を左手で引き寄せながら訊いた。

「片桐はんとお約束しましたよってお名前は出しませんけど、そのお旗本が言わはるには、書院番詰め所の二階で外記はんを捜してる間に、そこに居てた戸部はんが、どなたかと笑いながら外記はんのことを話してたんやそうです。で、先にはしご段を下りていかはった――」

雪之丞は手に残った麩の焼を惜しむように、ちびちび齧《かじ》って茶を飲んだ。

「下りるときもまだニヤニヤしてはったんで気になって、すぐ後から下りてみると、ちょうど戸部はんが外記はんに何か言うてるとこやったそうです」

「なんと言うたか聞こえたのか」

「へえ。そのお皿に残ってるのは、わたしの分と違いますやろか。惣介はん、もう五つ食べたし」

人が気を張りつめて耳を傾けているというのに、呆れた奴だ。惣介は渋々ながら、皿を雪之丞のほうへ押した。

「おおきに。さて、何の話でしたやろ」

さすがに腹に据えかねた。

「たいがいにするがいい。あとひと言でも余計なことを口にしたら、ここの払いはおぬしにさせる」

「そう怒らんでもちゃんと話しますのに。戸部はんは『皆が、おぬしは今日は来れんやもしれん、と取り沙汰しておったぞ。またしくじって父子とも面目を潰すことのないよう、気合を入れて挑《いど》むが良かろう。〈倒れて後やむ〉だ。なあ』言うて、外記はんの肩をぽんぽんと叩いて、クスクス笑いながら行ってしもうたそうです」

せっかくの麩の焼が、口の中で砂になった気がした。隼人はどんな思いでこの話を聞いたのか。

「そいで、待ってたお旗本のほうはたいそう心配になって、外記はんに何か言おうとしたんやけど、外記はんは『ご案じめさるな。いつものことです。また、いずれ』て、にっこり笑うてはしご段を上がって行ってしもうたんやそうです」

そこまでおのれを抑えられたなら、なぜその後も——とは、他人事だから思えることだ。おのれが同じ目に遭ったらどうしただろう。

「さすがに二百年のお味どすな。えらい美味しかった。ご馳走はんでした。ほな、わたしは、ちょっといろいろ算段してきますよって。今日はこれで」

「待て。算段とは何のことだ」

「そやかて、あとは戸部はんに訊き糾《ただ》すだけですやろ。けど、相手は千石高のお旗本ですよって、そう易々とは会えしません。その辺を支度してこんと」

言うとおりだ。御家人は旗本屋敷には入れない。訪ねて行っても、門前払いを食わされればそれまでである。

「片桐はんが動くときは、惣介はんも傍についといりたいんですやろ」

当たり前だ。

「そしたら、諏訪町へは戻らんと、このまま片桐はんの家で待ってて下さい。支度が調ったら使いをやります。暮れ六つ（午後七時頃）には間に合うと思いますけど」

雪之丞は城の方角に向かって、大股で遠ざかっていった。誰に何をどう話し、どんな支度をするのか。雪之丞の『頼みにできるお人』が何者なのか、改めて気になりだした。

（七）

暮れ六つより早く、空が茜に燃え初《そ》めてすぐ、使いは来た。睦月《むつき》だった。

睦月は、雪之丞が京から下ってくる折りに用心棒としてついて来てこの方、兄妹のようにひとつ屋根の下で暮らしている。春の穏やかな日和にうっとりと開きかけた桜のような美女で、なかなかに腕が立つ。当人がそうと認めたわけではないが、どうやらくノ一らしい。

「戸部様も、あんまり人に知られとうないお話ですやろし、西念寺《さいねんじ》さんの境内《けいだい》をお借りしました」

三人で門を出たところで、睦月がおっとりと告げた。

西念寺は伊賀の頭目だった服部半蔵《はっとりはんぞう》が建立した寺で、惣介の住む御台所組組屋敷全体と同じくらいの敷地がある。坂は上るが隼人の屋敷から近い。惣介には、何よりそれがありがたかった。

睦月は隼人と惣介の先に立って門をくぐり、どんどん進んでいった。本堂ではなく、寺にまつわる催しや集まりに使う庭の方向である。ぐるりを雑木林に囲まれた境内は、参拝者もなく、蜩《ひぐらし》の声が途切れ途切れに聞こえるばかりだ。

「下男の久太がまず強請ろうとしたのは、外記を待ちかねていた旗本だ。当人がそう言うておった」

惣介が兵馬から仕入れた話を伝えると、隼人は小さく笑って、そう答えた。

睦月の来る直前までぐっすり眠っていたくせに、起きた途端からしゃきしゃきと動いて継裃《つぎかみしも》に身を包み、惣介よりはるかに冴《さ》え冴《ざ》えとした顔でいる。

「久太に五十両出せと言われて、きっぱり断ったそうだ。その旗本は、道場で外記と一番親しかった奴でな。あの日、せっかく傍にいながら止められなかったことを、ずいぶん悔いている。『俺にも処罰が下るならば、少しは気も晴れる』と、久太に怒鳴ったそうだ」

隼人も似た気持ちでいるはずだ。

「あの場にいたことを知られたくない者は、他にも多々おるだろう。が、馬を連れた久太は城中には入れん。下馬所《げばしょ》にいた久太が、その旗本の名をどうやって知ったのだろうな」

「そりゃあ、主が得々と話して聞かせたからだろうさ」

隼人があっさりと断じた。

「力に慢心しておる者は、ようしゃべる。人をあざ笑うた言葉の礫《つぶて》が、おのれに向かって飛んでくるとは、思いもしなかったのだろう」

久太は『もうひとり、あてがある』と、兵馬に言っている。隼人の謂《いい》に沿うと、そのもうひとりとは久太の主、すなわち、戸部武兵衛になる。

「道場仲間の旗本が外記の傍にいたことを知っているからには、戸部もまた外記の近くにいた、と。久太はそれに思い至って、主の戸部から金を引き出そうとしたのか。なんとまあ、愚かなことを……」

我知らずがっくりと肩が落ちた。深いため息が出た。

(斬ってくれと首を差し出したも同然ではないか)

どいつもこいつも、命を粗末にする。

やりきれぬ思いで空に散った朱に輝く雲を見上げ息をした、その一瞬、夕風の中に惣介は四人の男の臭いを嗅いだ。隣を歩く隼人の臭いではない。三人分は睦月が歩いて行く方向にある雑木林の近くから。三人のうちのひとりは、嫌な汗をかいている。病んでいるのかもしれない。

あとひとりの分は、本堂の方角からやってきた。寺の者ではない。惣介が前にも嗅いだことのある、知った誰かの臭いだ。


庭側の三人の正体はすぐに知れた。

「面倒な挨拶はいらん。頼まれたから、仕方なくこんな場所まで出向いてやったのだ。五十俵取りの御家人風情と長々話すなぞ、時の無駄だ。訊きたいこととは何だ。さっさと訊け」

睦月のしとやかな引き合わせも、隼人の丁寧な辞儀も、うるさげに鼻であしらって、戸部武兵衛は仁王立ちのまま腕を組んだ。左右両後ろに、用心棒を稼業とするらしい荒んだ顔つきの浪人者がひとりずつ控えて、こちらを睨んでいる。

ただ訊くことに答えに来ただけなら、供は用人と若党で充分なはずだ。無頼《ぶらい》の徒に等しい輩を、引き連れてくる要はない。

「お運びに厚く礼を申します。それでは、手短に」

隼人が一歩前に進み出た。名残の西陽が、鬱蒼《うっそう》とした雑木の間をすり抜けて、隼人と戸部を明々と照らした。

「それがしの後生《こうせい》、松平外記の一件、事に及ぶ間際に声をおかけになったのは、戸部様だと聞き及びました。真《まこと》のことでございますか」

「やれやれ。そんなつまらぬ事のために呼び出したのか。答えて欲しければ、その話をおぬしの耳に吹き込んだ者の名を言え。証もなしに痴れ言の相手をする義理はない」

「今のお言葉にて『真である』とのお返事頂戴つかまつったと、受け取ってようございますな」

「無礼者め。理屈ばかりの愚かな若造と最後に話したとして、それがどうだというのだ。役目に励むよう言い聞かせてやったまで。通じなんだとしても、責めを負う覚えはない」

戸部は楽しんでいるかのように、口元だけで嗤《わら》った。

「久太にもそのように仰《おお》せになられたのか」

辛抱できなくなって、惣介は口を挟んだ。

「なんだ。台所人がこんなところで何をしておる。精進料理でも作るのか。添番と台所人と女。それでは俺から何を聞いても、手も足も出まい」

今度は後ろにいた浪人ふたりが、へらへらとわざとらしく嗤った。

「久太は愚か者よ。生きていても仕方がない。さっさとあの世に消えて、浮き世の煤《すす》払いができた。褒めてもらいたいぐらいだ。外記も愚か者よ。『郷に入りては郷に従え』とは、手習い所で読む『童子教《どうじきょう》』に書いてある。それすらわからんほどの空《うつ》けだ。自害して幸いというもの。さて、もう良かろう。帰るぞ」

戸部はせせら笑いの顔のまま、踵《きびす》を返しかけた。

「そうなさればよろしゅうございましょう」

凜《りん》とした声とともに、睦月が微《かす》かな笑みを浮かべて前に進み出た。

「わたくし、火付盗賊改役、長井五右衛門《ながいごえもん》様にお仕えする忍《しの》びにございます。ただ今の戸部様のお言葉、しかと耳に聞き覚えました。御屋敷にて火盗改の詮議をお待ちなされませ」

「くそっ。謀《はか》ったな。寺社奉行、水野和泉守《みずのいずみのかみ》（忠邦《ただくに》）様のてかけ（妾《めかけ》）の頼みだと聞いて、こうして来てやったのだ。すべて嘘か」

「愚か者だから騙されるのでございましょう。戸部様も、生きていても仕方がございませんね」

言い捨てるなり、睦月は後ろに飛んで、惣介の前に立った。

「え〜い、此奴《こやつ》ら、ただひとりも生きて返すな」

言い様、戸部は刀を抜いて正眼に構えた。まず斬って捨てたいのは睦月だろうが、前に隼人が立ちふさがって剣を抜いていた。

あれよあれよという展開に、惣介は途方に暮れた。

三対三——数の上では五分《ごぶ》だ。もちろん惣介を一人と数えれば、のことである。隼人と戸部の腕は文字通り互角。となると残る浪人者二人に対して、自分と睦月が相まみえなければならない。浪人ふたりのうち、どちらならば、自分でもなんとかなるだろうか。どちらがより弱いだろうか。

(病に取りつかれ嫌な汗をかいているのは右だ。左は昨夜の酒がまだ体に残っている)

惣介が頭の中で勝手に巡らせていた勘定は、一瞬のうちに崩れた。

二人の浪人が刀の柄《つか》に手をかけ、惣介目指して大股で近づいてきたのだ。向こうも誰が一番簡単に始末できるか値踏みをする。当然のことだった。

惣介は迫ってくるふたりに、くるりと背を向けた。そのまま無我夢中で門に向かって駆け出す。惣介が手負いになれば、隼人と睦月の足を引っ張ることになる。ただ、そのことだけが頭にあった。

暮れ六つはまだ鳴っていない。門を出れば暮れ残る通りを人が歩いている。そこで抜き身の刀を振り回せば、すぐに番屋から人が来る。浪人たちと戸部とは、所詮、欲得尽くのつながりだ。雇い主を助けるために、町方に捕まるような無理はするまい。

息が切れるまで走りに走って振り返ると、睦月がふたりの浪人者と対峙《たいじ》していた。惣介を逃げるにまかせ、戸部に加勢しようと戻りかけたふたりの前に、睦月が立ちはだかった形だ。睦月は懐から小太刀《こだち》を出して構えている。浪人を睨む目は冷たく澄んでいた。膝をわずかに曲げてかかとを浮かし、どの方向にも動ける体勢をとっている。

惣介は足を忍ばせて、浪人の背後に近づいた。へっぴり腰ながら刀を抜いて構える。睦月と二人で浪人どもを挟み込んだつもりだった。

「鮎川殿。それがしにお任せ下され」

耳元で快活《かいかつ》な声がした。本堂のほうから漂ってきた四人目の臭い。誰のものだったか、ようやくわかった。水野和泉守の寵臣《ちょうしん》、大鷹源吾《おおたかげんご》だ。

大鷹の目尻の切れ上がった油断のない目がすっと細くなって、浅黒く引き締まった顔に笑みが浮かんだ。大鷹は、主君の和泉守同様まだ二十代の若さだが、いざとなれば何のためらいもなく人を斬る。それも何度か見てきた。

　黙ってうなずいて後ろに下がると、視線の先に、正眼に構えてにらみ合う隼人と戸部の姿があった。隼人は肩衣《かたぎぬ》を脱ぎ捨て、戸部は薄物の羽織を地面に落としていた。互いに間合を計って、すり足でじりじりと右回りに進んでいるが、まだどちらも仕掛けてはいない。

　ようやく陽は傾き、雑木や庫裡《くり》の長い影が二人の間に落ちている。沈みかけた夕陽が、瓦屋根《かわら》と塀とのわずかな隙間から差し込んで、時折、二人を照らし出す。

　戸部がまっすぐに構えた刀に光があたり、年輪のような杢目《もくめ》肌《はだ》が浮かび上がった。名の知れた名刀の上に、研ぎの手入れを欠かさないのだろう。地肌の見事な紋様が、戸部の剣への執着心を物語っていた。

　ふたりの位置が変わると、今度は隼人の刀に赤い陽があたる。

　次の刹那《せつな》、隼人の刀の切っ先の光が消えた。同時に、戸部の刀が大きく突き出された。隼人はその突きよりも一瞬早く、後ろにのけぞっていた。戸部の切っ先が隼人の顎《あご》をかすめ、細かな血飛沫《ちしぶき》が飛ぶ。

　間髪《かんはつ》容《い》れず、戸部の刀が上段から振り下ろされた。その切っ先を左に振り払い、隼人は右に回って体を躱《かわ》した。戸部は攻撃を緩めることなく、振り払われた刀を斜め上から袈裟《けさ》斬りで振り下ろした。隼人は大きく一歩下がって刀を避け、再び正眼に構え直した。

顎の傷からわずかずつながら血が滴り落ちて、隼人の襟元を濡らしている。惣介は、ただ刀の柄を握りしめ、じっと神仏に祈った。

戸部も正眼に構えて、二人は元のように向き合った。最初と同じように間合を計りながら、右に回っている。ただし、最初とは違っている点があった。隼人がかかとを浮かしてすり足で進んでいるのに対し、戸部のかかとは地面についている。三度の攻撃で刀を振り回して大きく動いた戸部は、わずかにではあるが、隼人よりも総身に要らぬ力が入っているのだ。

ついに陽射しは届かなくなった。わずかに湿気を含んだ風が、木々の葉を揺らして過ぎる。二人が構える刀はふれ合うことのない間合を保っていたが、風に乗るように、ふわりと隼人の刀の切っ先が揺れた。

その刹那、戸部が四度目の攻撃を仕掛けた。再び突きだ。隼人は下がらなかった。戸部の切っ先をたたき落としながら、左に体を躱し小手を斬る。戸部の右手首から血が吹き出した。

戸部はなおも攻めに出た。上段から隼人の額に向けて刀を振り下ろす。その刃先を躱して、隼人の剣は戸部の胴を一文字に斬り裂いていた。

戸部の最後のひと太刀は、血気《けっき》に逸《はや》った大きすぎる動きだった。負けん気だけが先走ったのだ。隼人ならとどめをささずにしのぐこともできただろう。

しかし隼人は斬ることを選んだ。

「我が殿に、戸部を必ず仕留めるよう、命ぜられて参りました。あとはそれがしが引き受けます。お寺社のことはお寺社にお任せ下され」

大鷹が納刀しながら、歩み寄ってきた。見れば、ふたりの浪人者は、すでに事切れて地面に倒れている。

「睦月殿、火盗改のほうはいかがなさる」

惣介の問いに、睦月は艶《あで》やかに微笑んだ。

「あれも嘘ですよって、ご心配のう。それより、片桐はんの顎の傷と返り血をどうにかせないけまへん。ちょっと待っとっておくれやす」

睦月がきれいな水を求めて本堂へ走り出すと、隼人が大鷹の傍へ寄った。

「睦月殿が水野様のてかけ、というのも嘘か」

大鷹はニッと笑って、深くうなずいた。人を斬ったすぐ後でも、この男は平然と笑う。そこに何ともつかみ所のない怖さがある。

惣介も気になっていたことを訊ねた。

「大鷹、おぬし去年の春に、水野和泉守様が『西の丸に大鉈《おおなた》を振るう要がある』と仰せだと、言わなんだか」

「はい。言いました」

「この西念寺でのひと幕も、大鉈のうちか」

「まあ、そうですね。他の灸花《やいとばな》は、刃傷事件の評定でかなり切り払えそうなのですが、戸部様はなかなか尻尾がつかめず、苦心していました。これでひと安心です」

灸花は別名、屁屎葛《へくそかずら》。野山や道端、庭で、木や竹垣に蔓《つる》で巻きつき、放っておけばいくらでも蔓延《はびこ》って、嫌な臭いをまき散らす。

「今回、俺と隼人は、水野和泉守様の屁屎葛退治に、まんまと使われたわけか」

「ありがとうございました。それがしからも心より御礼申し上げます。これで外記殿の無念も少しは晴れるかと……」

大鷹が隼人の気持ちを慮《おもんぱか》る顔になった。小桶を抱えた睦月が、ひとしずくの水も飛ばさず駆け戻ってくるのが見えた。

（八）

諏訪町に戻る頃には、日はとっぷりと暮れて、心も体も草臥《くたび》れ果てていた。明日は早番だ。大急ぎで湯屋に行って寝床にもぐり込みたいところだが、主水の晩飯がどうなったかだけでも、確かめておかねばなるまい。

惣介は母家に入らないまま、離れをのぞいた。主水は台所の竈の脇に座って、沈んだ様子で燃える薪を見つめていた。

「ちと、あれこれあって、今日はおぬしの世話ができなんだ。相すまぬ。夕餉《ゆうげ》は済ませたか」

訊ねて思い出したが、惣介もまだ晩の膳にありついていない。食べるのを忘れるなぞ、まずないことだ。西念寺での斬り合いが、思いの外、堪《こた》えているのだと、おのれでもようやく気づいた。

「お師匠様。血の臭いが致しますぞ。幾人、斬ってこられた」

主水の青い目は夕闇の中で灰色に見えた。その瞳が、怒りと哀しみをたたえていることは、何となくわかった。

「誰も斬っておらん。俺は剣の腕がからきしだと言わなんだか。斬り合いに巻き込まれて、返り血を浴びただけだ」

「からしきでも、他の人が斬るのを見ていたのでしょう。止めもせずに」

「まあ、そうだな。難しい事情があって、此度《こたび》は斬るしかなかった」

からしき、ではない。からきしだ――と直してやる元気も残っていなかった。

「本当にそうでしょうか。罪が見つかれば、それは法度《はっと》で裁かれねばなりません。おのおのの正義で罪人を斬るのは、未開な国のすることです」

そのとおりだとは思う。

「だがなあ。法度の網をくぐり抜けてしまう罪人が、いくらもおるので……」

「それならば、法度をよりきちんとしたものに作り替えれば良いのです。それこそが、正しい裁きの有り様《あよう》でしょう」

「なるほど。おぬしの言い分は理にかなっておる。覚えておこう」

たとえ相手が戸部であれ、人を斬ったときの隼人の表情は見て快いものではない。

「ならば、英吉利の戦はどうなのだ」と主水に問い返すのは、今日のところはやめだ。

「夕餉はまだか。なら飯を炊いて、塩むすびでも拵えてやろう。その代わり、今夜はおぬしの湯殿を貸してくれ」
主水が嬉しげにうなずいた。
惣介はくるくると襷《たすき》を結んで、米を研ぎにかかった。

「やはり、早く鮎川殿《あゆかわどの》にご挨拶に伺《うかが》うほうがいい。鈴菜さんもそう思いませんか」

「……どうでしょぅね。ご挨拶を、と言って下さるお気持ちは嬉しいですけど、きっとややっこしい話になるでしょうし」

白銀《しろがね》の空に墨色《すみいろ》の雲が流れて、南から湿った風が吹いてくる。

「そうでしょうね。わたしが、鈴菜さんと夫婦《めおと》になりたいとお頼みしたら、鮎川殿はさぞ怒るに違いない」

「父は誰が頼みに来たって怒ります。お相手が将軍家でも、帝《みかど》でも、白木屋《しろきや》の跡取りでも、同《おんな》じ。出張ったお腹から、ぼうぼう湯気が立つでしょう」

本所横網町《ほんじょよこあみちょう》の裏路地は、梅雨入り前のじっとりした暑さの中で、静まりかえっていた。二歩離れて縦に並んで歩いていても、小さな声で話ができる。

「ならば決めました。明日にでも鮎川殿に叱られに参ります」

「あれ、そんなにあっさり。ほんに、あたしでよろしいんですか。夫婦になっても、この面倒な性分は直りゃしませんよ」

「重々、承知しております」

ふたりで笑い出してすぐ、笑みは凍りついた。

ここまで通り過ぎてきた路地はどこも、土に箒《ほうき》の筋目があって、腰高障子《こしだかしょうじ》の脇で、鉢植えの朝顔やほおずきの葉が揺れていた。が、今、通り過ぎようとしている裏木戸の奥は生臭くて、反り返ったどぶ板の脇に割れた茶碗が転がり、井戸には嫌な色の苔《こけ》がびっしり生えている。

その井戸端に、幼い男の子が倒れていた。

（一）

鮎川惣介《そうすけ》にとって、春と秋と冬、御広敷御膳所《おひろしきごぜんしょ》は、浮き世でもとりわけ居心地の良いところだ。それが夏には、蒸籠《せいろ》で蒸される糯米《もちごめ》の気分が味わえる場所に変わる。鍋《なべ》から吹き上がる湯気は、天井に上っては、簾《すだれ》のように三和土《たたき》へ下りてくる。ずらりと並んだ竈《かまど》で、絶え間なく薪《まき》が燃える。そんな場所で早朝から午過《ひるす》ぎまで働けば、八つ（午後二時過ぎ）に下城する頃にはくたんくたんだ。

熱に倦《う》んだ体は重怠《おもだる》く、ぽつりぽつりと降り出した迎え梅雨の滴さえ、顔を仰向けて受け止めたくなる。

行水を使って、冷や麦を食って、畳の上に大の字になって——頭の中でそればかり繰り返しながら、平川《ひらかわ》御門をくぐったところで、まだ後ひと仕事残っているのを思い出した。末沢主水《すえさわもんど》への手ほどきだ。

嘆息とともに、歩みがいちだんと鈍《のろ》くなった。

主水が惣介の所へ住み込んで、十六日。飯はひとりで炊けるようになったし、出汁《だし》の取り方もずいぶん上手《うま》くなった。少なくとも、もう鰹節《かつおぶし》を茹《ゆ》でたりはしない。

おかげで、朝は、主水の拵《こしら》えた飯と味噌《みそ》汁と一菜を一緒に食べ、それを評するだけで済む。毎朝、くたくたになった青菜や焦げた目刺しを菜に、目玉の映る味噌汁や味噌煮のようにどろっとした味噌汁を啜《すす》っているが、当初よりはうんとましだ。

何より寿《ことほ》ぐべきことに、この頃は、志織の作る膳がまたとない美味に感じられる。が、夕餉《ゆうげ》はまだまだ、教えるべきことが箱根の山より高く積もっている。

面倒みていれば、いつかは上手くなるはず。そうおのれに言い聞かせてできるだけのことはやっているが、ここ二日ほどは湧き上がる疑念を抑えられずにいた。

（主水は、果たして、まともに包丁が使えるようになるのか）

根気よく、とは思う。だが、組屋敷に来てからずっと稽古《けいこ》している夏大根の千六本は、未《いま》だ拍子切りより細くなったことがない。それなのに、すでに指を三回も切っている。主水も辛《つら》かろうが、見ている惣介も胃の腑《ふ》が痛む。

世間には生まれながらの不器用者もいる。そうして、あの英吉利人は、この国の誰より不器用な生まれつきなのではなかろうか……。

トボトボと諏訪町の我が屋敷にたどり着いて、主水の待つ離れに向かいかけたとき、母家の奥から幼い子どものむずかる声が聞こえた。

（しめた。隼人が仁か信乃を連れて来ているなら、子守を引き受けて、代わりに主水の世話を押しつけてやろう）

勇んで玄関へ飛び込んだが、それらしい履き物がない。よく耳を澄ませてみると、泣き声は、鈴菜が寝間に使っている西の六畳間から漏れてくるようだ。

面食らいつつ表の六畳、奥の八畳と座敷を通り抜けて襖《ふすま》を開けると、志織がすっぽり腹当て（首紐《くびひも》のついた胸、腹、背、尻《しり》の隠れる幼児着）をつけた幼子を、抱きかかえてあやしていた。

開け放した障子を抜けて、庭から〈極楽の余り風〉が流れてくる。雨を吸った土の匂いと青葉の薫りに混じって、溜《た》まった垢《あか》の臭いがした。

「あれまあ、お前様……ご案じなさいますな、預かったお子ですよ。鈴菜のぺしゃんこのお腹からじゃ、孫は生まれやしません」

「当たり前だ。そんなたわけたことを誰が考える。何ごとかと仰天したまでだ」

「お前様のお腹は、もう産み月みたいでございますけどね」

余計な言い草が気に入ったかのように子どもが泣き止んで、志織の首っ玉にしがみついたまま振り返った。男児だ。

四歳（満年齢の三歳）くらいだろうか。ひどく痩《や》せて、頭ばかりやけに大きく見える。頬も痩《こ》けて、瞳の大きな丸い目ばかりが際立っていた。この歳なら剃《そ》ってあるはずの髪はぼさぼさに伸びて、あちこちもつれて固まっている。それが垢の臭いの元らしい。

「この倍の腹があっても、そんな大きな子は産めん」

言い返すと、子どもが棒きれのような腕を伸ばした。

「おいしゃんのお腹、ぽんぽこ」

「まあ、伝《でん》ちゃんはお利口だこと。ほんに、おいしゃんは、ぽんぽこ狸だねぇ」

志織がそれはそれは嬉しげに、甘ったるい声を出した。

「うむ。ならば、ちと腹鼓《はらつづみ》をば」

話を合わせて、腹をふたつ、みっつ叩《たた》いてやると、子どもがきゃっきゃと笑って、志織も笑み崩れた。いつの間にか、一日の疲れがどこかに消し飛んでいた。

「この子は伝吉《でんきち》って名でございましてね。鈴菜が本所横網町の松右衛門店《まつえもんだな》で……」

と、事情を話しかけた志織を、惣介は両手を挙げて止めた。

「行水を使って着替えてから、ゆっくり聞こう」

鈴菜が絡んでいるなら、きっと面倒なことに違いない。ややこしい話を汗でねとつく体で聞けば、苛《いら》つくばかりで碌《ろく》なことにはならない。さっぱり汚れを落としたあと麦湯を飲みながら、に限る。それならば、どんなことが団扇《うちわ》の風とともに耳に届こうが、厄介さも半分に感じられるはずだ……たぶん。

「おや、ちょうど良かった。行水をお使いになるなら、この子も一緒にお願いいたします。ざっと拭《ふ》いてやりましたけれど、まだだいぶん汚れておりますので」

中身といい、声音といい、何度も聞いたことのある科白《せりふ》だ。

（さて、どこで）

首をひねるまでもなく、そのときのおのれの姿も志織のしてやったりの顔つきも、すぐ目の前に浮かんだ。ひと昔前の夏だ。志織は、毎度この言い回しとともに、素っぽんぽんの小一郎をたらいの中に入れて寄越していたのだった。

きれいになった伝吉と引き替えに、志織が大きな湯呑みにたっぷり麦湯をくれた。惣介が、それと団扇を持って、庭に面した濡れ縁に胡座《あぐら》をかくとすぐ、鈴菜が飛んできて前に座った。

「仕様がなかったんでございますからね」

叱られる筋合はない、とばかり、鈴菜は初手から息巻いた。

「いったいどんな親なんだか。あんなちっちゃな子を置いたまま、よく出歩けたもんです。九尺二間の内はもう本当に空っぽで、鍋釜どころか夜着さえないんですよ。檻《おり》みたいに蚊帳《かや》だけ吊《つ》って」

一気にそれだけしゃべると、惣介の麦湯を半分ほど飲み干して、はあと息をつく。

「あの子が井戸端まで這《は》い出てきたから良かったものの。診てくれたお医者も、あと一日《いちんち》飲まず食わずでいたら危なかったって言うし。大家は『そういや、ここ三日、母親の顔も見ておりませんな』って、呑気《のんき》なもんだし」

大家によると——伝吉の父親《てておや》は熊助《くますけ》。母親はふみ。伝吉の首が据わったばかりの頃に越してきて、以来、三年になる。熊助は、越してきた頃は青物売りをしていた。それが、今年の初め頃からぶらぶらしだして、木っ端仕事《こっぱしごと》で稼いでは、わずかな銭をふみに渡し、ふらっといなくなったまま何日でも帰ってこないようになった——のだそうだ。

「店賃《たなちん》も滞りがちだそうですけど、あんな荒れ放題の、背筋がさわさわするような薄気味の悪い裏店《うらだな》で、賃料を取ってるのがどうかしてんです。大家も人相が悪くて胡散臭《うさんくさ》いし……」

「で、鈴菜としてはとても置いちゃ来られなかった、と。しかし、親のある子を、勝手に連れて来てはまずかろう。拐《かどわ》かしと間違えられるやも……」

「ですから、そうならないよう大家に話をつけ、名主のとこにも顔を出して、母親が戻ったらここに迎えに来るよう、言い置いてきました」

「それは上出来。よう気が回ったな」

「……そりゃぁその、香乃《かの》さんも、銀ちゃんも一緒でしたから。どうにか、でございます」

鈴菜の舌がつっかえた。滅多にないことだ。

『女の子は親を騙《だま》すんが上手ですよって。案外、惣介はんの知らんところで、ちゃぁんと話ができてるのと違いますやろか』

端午の節句の前の日、雪之丞に言われたひと言が、頭を駆け巡る。

香乃は大店《おおだな》美濃屋《みのや》の大事の娘で、鈴菜の幼友達だ。どこへ行くにも一緒に仲良く遊び歩いている――と、惣介は信じてきた。

（まことに香乃さんも一緒だったのか……）

頭《てん》から疑ってかかるのも嫌なものだが、鈴菜が狼狽《うろた》えている今こそが責めどきだ。万万が一、嘘をついているとしたら、それを暴《あば》くのも親の務めだろう。

「それにしても、あれだな。今日は小日向《こひなた》の氷川明神祭り《ひかわみようじんまつ》に、行くんだと言わなかったか。それがなんだって、本所に変わった」

痛いところを突いたつもりだったが、どうやら一手遅かった。鈴菜が上目づかいで惣介を眺め、首を傾げてにっこり微笑んだのだ。

「氷川様にも行きましたよ。ちゃあんと縁結びをお願いして参りました。そいから、茶店で冷やし甘酒を飲んでいたら、香乃さんが『〈浅草餅《あさくさもち》〉が食べたいね』って言い出したから、どうせ浅草寺《せんそうじ》に行くなら、姥《うば》が池《いけ》明神のお祭りものぞいて両国橋《りようごくばし》を渡ってと、どんどん話ができたんでございます」

べらべら回った舌先が三寸なのか五寸なのか、惣介にはわからない。どうもまやかし臭い。けれども鈴菜は、これこそ手証《てあかし》とばかり、背中に隠していた土産を惣介の膝元《ひざもと》へずいと押し出した。

竹の皮に包んだ〈金竜山浅草餅《きんりゅうざんあさくさもち》〉である。白い餅に餡《あん》を包み、上から炒《い》りたて碾《ひ》きたてのきな粉をかけた、そりゃあ美味《うま》い餅だ。加えて値も張る。

「奮発したもんだ。俺が子どもの頃は、浅草寺の名物と言えば〈米饅頭《よねまんじゅう》〉だったが、菓子の流行《はや》り廃《すた》りも、きついものだな」

「新しいものは、やっぱし味がようござんすよ。お味見してくださいましな。あたしが父上の麦湯を飲んじまったから、替えを持ってきましょうねぇ」

娘が甲斐甲斐しく立って行くのをみれば、それはそれで気持ちが和んだ。

鈴菜の口三味線《くちじゃみせん》で、いいように踊らされた気もする。縁結びの氷川明神から、浅《あさ》茅《じ》が原の鬼婆伝説で名を馳《は》せる姥が池へ回るあたりは、如何《いか》にも鈴菜と香乃がやりそうなことだ、とも思う。

ふたりの娘が何をしたいと言っても、銀ちゃん――近森銀治郎は、笑ってつき合ったろう。

（まあいい。今はここまでだ）

餅を食べ終えたら、本所までひとっ走り行ってこよう。惣介は、そう決めていた。伝吉の母親が長屋に戻っているかもしれない。倅《せがれ》が侍の屋敷に連れて行かれたと知って、困《こう》じ果てていることもあり得る。

銀治郎が取り仕切ったのなら、案じることもない。が、十六の小娘ふたりが差配《さはい》したのであれば、きちんと尻を拭《ぬぐ》っておいたほうがいい。

他にもいくつか、自身で当たって確かめたいことがあった。

（二）

横網町の名主の家で隙《ひま》が入ったから、惣介が松右衛門店にたどり着く頃には、暮れ六つ（午後七時頃）が近づいて、雨も本降りになっていた。辺りはすでに仄暗《ほのぐら》く、虫の食った裏木戸が濡れしょぼたれて、ひときわみすぼらしく見えた。

黴《かび》と塵《ごみ》の臭いに難渋しながら、どぶ板を踏んで進んだが、伝吉の家だと聞いてきた三つ目の腰高障子は、開けっ放しのまま。内にも外にも人影はない。そして中は、鈴菜の話どおり、蚊帳だけ残してもぬけの殻《から》だった。

首だけ突っ込んでのぞくと、陽に焼けた筵《むしろ》は盛大に毛羽立ち、土壁に開いた穴は、皺《しわ》を伸ばした紙屑《かみくず》を貼ってふさいである。

（こいつぁ、貧乏長屋の中でも飛び抜けて汚い代物《しろもの》だな）

留守を幸い土間に入り込み、夕間暮《ゆうまぐ》れに目を凝らして探ると、鍋釜《なべかま》どころか笊《ざる》も俎板《まないた》も包丁も鉄瓶《てつびん》もない。剝《は》がせるもんなら、へっついも売り払っただろうと思えてくる。

米びつはすっからかんで、逆さにしても米粒どころか粉さえ落ちてこない。薪置《たきぎ》きには、木の皮や小枝さえ残っておらず、味噌の瓶《かめ》も醬油《しょうゆ》徳利も舐めたようにきれいに空っぽだ。

母親のふみは三日前から行方知れずとして、父親の熊助は、いったいいつからここに戻っていないのだろうか。

伝吉が中で過ごしていたと考えられる蚊帳には、古晒《さら》しの大きな継ぎ当てがふたつ。他にもあちらこちらと穴をかがった跡がある。四角に囲った内側には、からからに乾いて反《そ》っくり返った竹の皮が一枚――団子や餅を包むのに使うやつだ。その横に乾いた手桶が木の椀《わん》と並んで転げていた。

木の枠だけになった洗い場からは、小便の臭いがした。外の便所に行くのが怖くて、伝吉が垂れ流したらしい。何しろ行灯《あんどん》はもちろん、ずっと安くて簡易な瓦灯《がとう》さえ置いてないのだ。日の暮れから朝まで月の光だけを頼りに、伝吉はずいぶんとおっかない思いをしただろう。待宵月《まつよいづき》、十五夜、十六夜《いざよい》と、晴れて月の明るい三晩だったことが慰めだ。

（とにかく、命が無事で良かった）

惣介は、土間から一段高くなった板張りに腰を下ろして、小さくうなった。

（それにしても、しっかりしているようで、鈴菜はまだまだ世間知らずだ）

この九尺二間から浮かんでくるのは、鈴菜の言うような『ちっちゃな子を置いたまま、よく出歩』く、子守にげんなりした母親ではない。


鈴菜の言うとおり、ふみが伝吉を放り出してふわふわ羽を伸ばしに行くような女なら、何はなくとも手鏡だけはきっと残しているはずだ。邪魔っ気な子どもを寝かせた後ひとりでゆっくりしたいだろうから、行灯や瓦灯も入り用になる。

が、そのどちらも、質に入れたか古道具屋に売ったか、ここにはない。

『檻みたいに蚊帳だけ吊って』というのも間違いだ。

この季節なら、夜具がなくとも寒さで凍えることはない。しかし、蚊帳なしでは、蚋《ぶゆ》や蚊に刺され放題で、ひと晩たりとも安眠できぬ。どちらか手放さなければ食う銭がない、となれば残すのは当然、蚊帳だ。

安筵を毛羽立つほど拭き清め、蚊帳の破れをこまめに繕《つくろ》い、腹を空かせながらも、ふみはこまめに動いている。伝吉とふたり命をつなぐために、何もかも売り尽くしたのだ。けれどもとうとうどうにもならなくなった。

（ふみには、こうなり果てる前に、口入れ屋へ出向く知恵があっただろうか）

出向いたとしても、手の掛かる幼児《おさなご》を連れた女にできる仕事は、まずなかったろう。住み込みが決まりの女中奉公はできない。物売りも仕入れの銭やら道具がいる。いっそ、伝吉が乳飲み子だったなら、子連れで乳母として面倒みてもらえただろうが……。

寄辺《よるべ》ない女。それが、この何にもない九尺二間から、惣介の読み取ったふみの姿だった。

松右衛門店は、掃除も手入れも行き届かない、うらぶれた長屋だ。そうなるにはわけがある。店子が皆、男の独り者なのだ。おそらく大家も独り身だろう。

朝早くから稼ぎに出て、仕事が終わるとまずは湯屋、そこから煮売屋、居酒屋、その先は各自の好みで、将棋や碁に興じたり、女郎屋に上がったり、博奕《ばくち》にのめり込んだり、木戸が閉まるまでふらついて、ここへは寝に帰るだけ。

住む者が『一人もの　店賃《たなちん》ほどは　内に居ず』を地で行くような暮らしぶりでは、どうしたって住み処《か》は荒れ果てる。

頼りになる大家のお内儀《かみ》さんもおらず、気を利かせて声をかけてくれる女房連中もなし。そんな裏店で亭主にうち捨てられたら、身の上を打ち明ける相手もなく、幼い子を預けて稼ぎに出ることもできず、母親はお手上げだ。

たったひとり丸腰で浮き世と取っ組み合った挙げ句、歯が立たないと思い知ったら、心の根っこはわずかなことでポキリと折れる。

伝吉がぐずぐずと長くむずかった。井戸端で転んで下駄の鼻緒が切れた。それでもどうにか汲《く》んできた水を途中でこぼした。ついに落とし紙さえなくなった。眠ろうとしたら蚊帳の中に蚊がいた。戸口の敷居に不都合が起きて、開け閉めが難しくなった。

（ああ、間違いない。それだ）

惣介は立ち上がって、開けっ放しだった腰高障子を閉めようと試みた。敷居が駄目になったのか、障子が歪《ゆが》んだのか、長屋そのものが傾いたのか。キイキイきしむ音が高く響くばかりで、如何《いっか》な動かない。開けるほうには何とか滑るが、どうしても閉まってくれないのだ。

散々苦心して戸を敷居から外し、もう一度はめ直して、ようやく戸が閉められた。普通なら大家に修理を頼むところだ。けれど、店賃が溜まっている。できることなら顔を合わせるのは避けたかったろう。鈴菜たちが伝吉を連れて行った後で、大家は初めて戸口の不具合に気づいたわけだ。

蒸し暑さでせっかく行水を済ませた首筋に汗が伝う。惣介は、大家がしておいたように、障子戸を開け放した。

残った銭をかき集めて、伝吉に団子か何かを買ってやり、喉《のど》が渇かぬよう手桶に水を汲み、陶の茶碗が割れて怪我するのを案じて木の椀を添え、苦心して腰高障子を閉め——さて、ふみはどこへ行ったのだろう。

路傍《ろぼう》で客を引く夜鷹《よたか》なら、身ひとつでどうにかなる。が、それなら翌朝には銭を握って戻ってくるはずだ。

(三日も帰らないのはよっぽどだ。馬鹿なことをしでかしておらんといいが)

宵闇《よいやみ》が裏路地に薄い帳《とばり》を下ろして、惣介の心も闇に沈んだ。十七夜の立待月《たちまちづき》も、垂れ込めた雲に隠れて今夜は拝めまい。

(真っ暗になる前に、大家に声をかけて帰るか)

諦《あきら》めて腰を上げたちょうどそのとき、戸口に影が差した。ようやく二十歳になるやならずの淋しい顔の女が、驚いた風に惣介を見ている。解《ほど》いて首の横で結んだきりの、胸の辺りまでしかない短い髪から、ぽたぽたと雨の滴が垂れていた。

「ふみさんかい」

惣介の呼びかけに、女はぼんやりした顔でうなずいた。顎《あご》のちょっとしゃくれた面長な輪郭が、一重瞼《ひとえまぶた》のはれぼったい目と相まって、どこやら生まれながらにツキに見放されたように映る。その目が宙を泳いで、九尺二間の内に倅を捜していた。

「そうですか。伝吉は無事ですか。そうですか」

惣介が経緯《いきさつ》を話すと、ふみは気が抜けたように、破れ筵にぺたんと座り込んだ。伝吉同様によく痩せていて、伝吉よりはるかに顔色が悪い。倅に少しでも多く食べさせ、自分は辛抱していたのだろう。

「亭主が卯月《しがつ》の頭に戻って十文ほど銭を置いていったきし、いっぺんも戻って来ないんです。生きてんだか、死んでんだか、それさえ、わかりゃしませんので」

まるで他人のことを話しているかのように、ふみの声音は乾いていた。

「頼るあてもなし、有る物を段々に売っぱらって、爪に火をとぼすように暮らしてましたけど、とうとう何にもなしになっちまって。どうしたもんだか見当もつきゃしないし、あの子のひもじい顔を眺めてるのも辛くなりましてね」

伝吉のことを口にしても、早く無事な姿を見たいと焦る素振りはなかった。

ふみは、虚《うつ》ろな顔で土壁を見据えたまま、ひたすらしゃべりつづけた。まるで長い長いため息を吐いているかのように。

「三日前の昼に髢屋《かもじや》で、切った髪を売りまして。その銭で買った団子を置いて、ふらっと出ちまったんです。いっそ、両国橋からドボンと行っちまおうか、なんて。そしたらバチが当たったんでしょうかね。両国広小路を超えてしばらく歩くうちに、目の前が真っ暗になりました」

「はっはあ、行き倒れになったのか」

惣介は大きくうなずいた。が、合点はいかない。

「飲まず食わずで歩いて気が遠くなったとしても、三日も気を失ったままってことはないだろう」

「へえ。日の暮れには目が覚めたんでござんすけど……」

ふみが口ごもって、うかがうように惣介のほうを見た。

「夜具から出たくなかったのだな」

家の前で出た行き倒れは、そこに住まう者が世話する決まりだ。両国広小路からなら、どの方角に歩いたとしても、ふみが倒れたのは大店《おおだな》の見世先だろう。厳しい暮らしの果てに、涼しく居心地の良い座敷の柔らかな布団の上で目を覚ましたとしたら、しばらくそのまま留《とど》まりたくなるのも人情だ。

ふみはがっくりと首を折るように縦に振って、泣き笑いの顔になった。

「そんなこってす。あたしは、名も、どっから来たかも、てんで思い出せないふりをしちまいましてね」

名を名乗り松右衛門店と告げれば、すぐ横網町の名主と大家に知らせがいく。そうなれば迎えが来て、贅沢な夜具とも縁切れだ。縁《えにし》をつなぐ糸は上手な嘘しかない。

「そりゃあ、良くしてもらいました。温かいお粥《かゆ》を啜《すす》って、甘いもんまで食べて、熱い湯で体を拭いて……そしたら目蓋《まぶた》がとろんと重くなっちまって、次の日の陽が高くなるまで正体なしです。ほんに、らっちもない」

「目が覚めたときには、さぞかし慌てたろう」

「慌てるなんてもんじゃありゃしません。総身から血が引きました。伝吉を丸一日、ほっぽらかしたんでござんすから。腹が空《す》いて大家さんとこに泣いていったなら上々。ひとり裏木戸を出て、迷子になったかもしんない。井戸に近寄って溺《おぼ》れ死んじまってたらどうしよう。暑さにやられて、今頃は虫の息ってこともある。もう次から次から、嫌《や》なことばっかし考えついて、生きた心地もしませんでした」

「それゆえ、なおさら、動きが取れなくなったのだな」

言った途端に、ふみがこちらを見返った。細い目がいっぱいに丸くなって、ぽかんと口が開いていた。

「よう当てなさった。どうやっておわかりです。あたしは、てっきり『馬鹿を言うな。そう案じていたなら、何だってすぐに長屋へ戻ってこなかった』って、叱られるもんだとばっかし」

「そりゃあ、わかるさ。来年は四十だ。伊達にこの歳まで生きちゃいない」

ふみが身動きならなくなったのは、不思議でも何でもない。松右衛門店へ帰れば、たぶん、おのれのしでかしたことに恐ろしい落ちがついているのだ――いったい誰が目の当たりにしたかろう。

親身になってくれた大店の皆に、覚《おぼ》えがないというのは空音《そらね》だったと打ち明けるのは切ない。ひと晩眠ったらあれこれ思い出せた、と嘘を重ねて切り抜けても、長屋に戻れば十中八九、伝吉のことで騒ぎが起きている。そうなれば、大家や番所を相手に、狂言をつづけるしかない。つづけられなければ、捨て子の咎《とが》でお縄になる。

一日が二日になり、二日が三日になり、ますます事はこじれてゆく。

置き去りにした伝吉が無事でいる見込みはどんどん薄くなる。切れ目なく芝居を通すのもだんだんと難しくなる。嘘の皮が剝がれ、伝吉が骸《むくろ》で見つかったら、子殺しの罪だ。

胸の奥でおのれ可愛さがささやく。

「大丈夫。伝吉はあたしがいなくっても、何とかやれてんだろうさ」「今頃は、大家さんが見《め》っけて、世話してくれてるよ」「亭主が戻ってきて、伝吉を養ってるってこともありだろ」

それでも刻々と怖さはつのる。身がすくむ。

「よう戻って来たな」

思わず言葉がこぼれた。ふみの顔がくしゃっと歪んで、かさついた頬を涙がこぼれ落ちた。

「晩の膳に炊きたての飯が載ってたんです。その匂いを嗅《か》いだら、どういうもんか、これじゃいけない帰らないと、って矢も楯《たて》もたまらなくなりましてね。黙って逃げて来ちまったんです」

ようやく心づいたように、ふみは着ている浴衣を途方に暮れた態《てい》で眺めた。

「この湯帷子《ゆかたびら》も、縁先にあった下駄も、盗んじまったことになりましょうかね……どうしよう。世話になった上に、後足で砂かけちまった」

「案ずるには及ばん。通りを教えてくれたなら、その見世には俺が行って、きちんと話を通す。礼も言うておこう。向こうも、お前が無事だとわかれば喜んでくれるさ。それより、そろそろ御輿《みこし》を上げたらどうだ。伝吉も待っておるだろう」

「あれ、すっかり話し込んじまって。何から何までご面倒さまで。お武家様んとこの娘ごは、伝吉とあたしの命の親ってこってすねぇ。お礼を言わなくっちゃあいけない」

ふみが初めて正真正銘、笑った。雨上がりに咲く青い紫陽花《あじさい》のように、生き生きとした笑顔だった。

「なら、大家さんにひと言ご挨拶してきやす。いかつい顔だけど、店賃が払えないのを黙って待ってくれて、やさしいんです。それなのに、ずいぶん迷惑かけちまって」

言い様、ふみは飛び出していった。後につづいて戸口を出ると、雨は小降りになって、闇の向こうに靄《もや》がかかっていた。

（さて、これでめでたしめでたし、ならよいが）

母子の暮らしは、明日からもつづく。銭を渡してこの裏店に帰らせても、亭主が戻らなければ、いやたとえ戻っても、真っ当に働き出さなければ元の木阿弥《もくあみ》だ。それでも、熊助は伝吉の父親には違いない。

ふみも自分と倅の行く末をどうしたものか、考えあぐねていたようだ。諏訪町に向かって歩き出すとすぐ、戯《ざ》れ言めかして口を開いた。

「お武家様のことをゆったら、大家さんが『伝吉を助けてくれたお方だな。男前だろう。いっそ嫁に行き直して、ご新造だか奥方だかになったらどうだい』って。ほんに、けしからねぇ……」

「大家に会ったのは、若い旗本だからな」

と返して、ふと胸に影が差した。

(銀治郎は男前か)

今年二十四になったはずの近森銀治郎は、顎の細い長めの顔に、これまた長めの鼻と薄くて小ぶりな口を載せている。濃い睫毛《まつげ》に縁取られたまん丸な目に可愛気《かわいげ》はあるが、男前というより憎めないとか優しげとか評したくなる顔立ちだ。

(それに彼奴《あいつ》は……)

銀治郎は旗本の嫡男でありながら、堀切村《ほりきりむら》の花菖蒲田《はなしょうぶだ》に入り浸りで、鈴菜や香乃と出歩くときも木綿の小袖を尻《しり》っ端折《ぱしょ》りにした町人のような形《なり》だと聞いている。

(今日、鈴菜と一緒にここを通りかかったのは、本当に銀治郎なのか)

思いに沈む惣介を余所《よそ》に、ふみはまだ話しつづけていた。

「どうにかして亭主に三行半《みくだりはん》を書かせたとしても、あたしはお菜を作るくらいしか取り柄がないし、それじゃあ伝吉とふたり食っていくのは難しいだろうし……」

「おい、今『お菜を作る』のが得手《えて》だと言うたか」

「へえ。こいでもまだ、青物屋の女房でござんすからね。大根や人参、青菜を扱わせたら、なかなかのもんですよ。包丁使いも味のほうも、そこらの煮売屋には引けを取りません、ってちっと手前味噌《てまえみそ》を上げすぎでしょかね」

「いや、いや。そいつは良いことを聞いた」

取りあえず胸の騒ぎを棚上げにして、惣介はほくそ笑んだ。

惣介の困りごとと、ふみ伝吉母子の先行き。その両方に、一石二鳥で収まりをつける手を思いついたのだ。

(三)

組屋敷に帰ってみると、伝吉は晩飯をしこたま食べて、ぐっすり寝込んでいた。それで母子の再会はちょいと後回しにし、横網町から泣きっぱなしの腹の虫もしばらく待たせて、惣介は自身の思いつきを先に進めた。

まずは鈴菜をふみに引き合わせ、起きたことをかいつまんで話した。ふみに何度も礼を言われて、鈴菜が身の置き所のない顔になるのを、いい心持ちで眺めた。それから鈴菜を門の傍に連れ出した。

「父上もお人が悪い。何もあんな思いをさせなくたって」

ふたりきりになると、鈴菜は早速ふくれっ面になった。

「父はいつも鈴菜から説教を喰《く》らって、情けない思いをしておるのだ。たまには同じ気持ちを味わうのも良い薬だ。さてそこで、鈴菜にやってもらいたいことがある」

惣介は門を挟んで主水の離れと向かい合わせにある、古い離れに鈴菜を連れて行った。二年前の秋、ほんのいっとき、鮎川家には麦作《むぎさく》という名の下男がいた。その麦作が使ったきり空いたままになっている小さな離れだ。

「目鼻がつくまで、ふみと伝吉をここに住まわせようと思う。それゆえ中を片づけて、母子が居心地よく暮らせるよう、支度をするのが鈴菜の役目だ。子を育てることについて、偉そうな口を叩いたのだから、きっと立派にやり遂げられるだろう」

「はいはい。あたしがまだまだ甘ちょろっこいってことは、重々、承知いたしました。よくよく思案しながら、支度させていただきます」

料白とは裏腹に、鈴菜は何がなし楽しそうだった。助けた伝吉に松右衛門店よりましな落ち着き先ができて嬉しいのだ。

惣介もまた弾む気持ちで母家に引き返したが、これは伝吉やふみのことを思ってではなく、毎日の料理指南から遁走《とんそう》できる喜びに浸《ひた》っていたからだ。


ふみを伴《ともな》って新しい離れをのぞくと、主水は炉端に手枕で寝転んでいた。くうくうと寝息が聞こえる。ひとりでもやれることだけ済ませ、惣介を待つうちに眠ってしまったらしく、炊きあがった飯の匂いと削り節を煮立てすぎた出汁の香りがただよっていた。

「あれは末沢主水という男だ。仔細《しさい》あってうちの客人になっておる。料理の稽古をさせているが、いかんせんずぶの素人で、その上どうにも不器用だ。それで……」

「はいはい。お安いご用で」

ふみが惣介の話を中途で引き取った。

「晩の膳を拵《こしら》えんでしょ。飯は炊いてあるようだから、汁と菜を支度すりゃあいいんだ。倅ともども三途《さんず》の川から助け上げてもらって、ご恩返しの『ご』の字にも足りゃしませんけど」

惣介の返事も待たず、ふみはいそいそと身支度にかかった。竈の脇にあった手ぬぐいで、短い髪を手早く姐《あね》さん被《かぶ》りにまとめ、主水が板敷きに放り出しておいた襷《たすき》を掛ける。それから青物や魚を載せた笊の前に立って、黄色い声を上げた。

「あれまあ、ほんにか。食べる物がいっぱい。旦那《だんな》、ご覧なさいな。この大きな鯵《あじ》ときたら」

せっかく喜び勇んでいるところを、邪魔するのも野暮だ。主水の師匠にするなら、どのくらいの腕前か知ってからのほうがいい。

(それじゃあ、ひとつ、お手並み拝見だ)

惣介は「頼む」と声をかけて、離れを出ようとした。ふみが世話になった見世を訊ねるつもりだった。その足を主水の鼾《いびき》が引き留めた。惣介のいない間に主水が目を覚ましたら、ふみは仰天するだろう。英吉利人だとは話せないまでも、煙幕《えんまく》を張っておいたほうが心丈夫だ。

「言い忘れておったが、主水はその、江戸の者とは少々、見た目を異とするところがある」

「へえ。体がめっちゃに大きいようですけども、他にも何かございやすんで」

「うむ。顔が桃色で、目が青い」

「そりゃあ、また……」

　ふみがひやりとした風に、一歩あとずさった。

「しかし、実に心根の温かい男だぞ。志織や鈴菜と一緒に膳を囲むこともあるし、妙なのは外見《そとみ》だけだ。決して嚙《か》みついたりはせん」

　惣介が大慌てで主水を褒めにかかったが、ふみはすぐにそれを笑顔で止めた。

「なんの、ご心配には及びませんよ。主水様は、箱根より向こうのお生まれでござんしょう。そういうことは、よう耳にしておりやすから。ご様子を真傍《まはた》で見ても、知らぬ顔の半兵衛を決め込みやす」

　惣介は、二度、三度とうなずきながら胸をぽんぽん叩くふみを眺め、黙って外へ出た。

『箱根より向こうは野暮と化け物ばっかし』とは、江戸っ子の口の悪い洒落《しやれ》のめしだが、ふみにとっても、英吉利人だと説き聞かすより、ずっと早わかりに違いない。

　門まで来て、惣介は再び引き留められた。今度の相手は腹の虫だった。

　これからすぐに出ても、ふみから聞き出した日本橋横山町《にほんばしよこやまちよう》の見世に着く頃には、五つ（午後八時半頃）がだいぶん過ぎる。急いで出立したいのはやまやまだが、この腹の減り具合だと、今度は惣介が行き倒れになって世話をかけそうだ。

誰かを迎えに行くわけではないが、

（木乃伊《みいら》取り木乃伊になる、では話にならん）

訪ねるのが遅くなるのは気掛かりだ。しかしながら、こう立派なわけがあるのでは仕方がない。

「お〜い、志織。俺は晩の膳をまだ食うておらんぞ」

呼ばわりながら、惣介は母家の玄関に草履を脱いだ。


幾多の困難――主水の姿形、うるさい腹の虫、そしてすぐ丼《どんぶり》を取り上げようとする志織――にも挫《くじ》けず、丼三杯の飯と二杯の味噌汁とで準備万端整え、日本橋横山町までたどり着いてみると、ふみを手当てした見世はすぐに知れた。

どの見世も大戸を下ろしくぐり戸を閉めて夜のしつらえの中、一軒だけくぐり戸を開け放して、灯《あか》りが表に漏れている。急に姿を消した行き倒れ女が戻ってくるかもしれない。そう考えてのことだ。

のぞいてみると果たして、案じ顔の番頭と目が合った。招き入れられると、煙草入れや煙管《きせる》などを扱う小間物問屋だと知れた。

ふみが嘘をついたことは内緒のまま、夕餉の膳に載った炊きたての飯の匂いで、幼子を置いたっきりだと思い出したのだと言った。だがその他はすべて本当のままに話した。ふみと子どもが無事だと知ると、番頭は心底から安堵《あんど》の息をついた。

奥から出てきた主人にもねんごろに礼を言い、湯帷子と下駄はもらえることになって、さて帰ろうとしたところで、帳場格子《ちょうばごうし》の向こうに置いてある猿の根付に気づいた。皐月《ごがつ》の四日に、兵馬が大根から彫り出していった猿によく似ている。

木彫りだが、毛の一本一本が風になびく姿もどこやら寂しげな顔立ちも、甘煮にした猿にそっくりだ。

「おや、お目に留まりましたか。一番人気、兵斎《ひょうさい》の猿でございます。さすが、お武家様。お目が高い」

番頭は、大戸を下ろしていても商いを忘れない働き者だった。

「兵斎とは、ひょっとして、津田兵馬殿か」

「おや、兵斎師匠とご懇意《こんい》でございますか」

はて『ご懇意』と言えるかどうか。

片桐隼人《かたぎりはやと》が戸部《とべ》武兵衛《ぶへえ》を斬った翌日、津田《つだ》軍兵衛《ぐんべえ》の屋敷へ出向いて、下男殺しに片がついたと知らせた。その折りに顔を合わせて「たった二日のうちに、腹がまた一分《いちぶ》（三ミリ）せり出しましたな」と好き勝手に断じられたきりだ。

「ふむ。遠慮のない話をする間柄だ」

「そうでございましたか。うちは兵斎師匠のおかげで、ずいぶん儲《もう》けさせていただいております。所縁《ゆかり》のお武家様のお役に立てて、ようございました」

主人が嬉しい顔になったが、惣介もまた嬉しかった。

兵馬は世間と折り合いが悪い。けれども、兵馬の作る根付は世間を喜ばせているのだ。そうやってどこかで勘定が合っているなら上々ではないか。


諏訪町と日本橋の行き帰りで、丼三杯の飯から得た活力を使い果たした。そのせいか、惣介の鼻は、立慶橋の手前の大きな通りを右に曲がった辺りから、鰺の粗塩《あらしお》焼《やき》の匂いを嗅ぎつけていた。

晩飯どきの終わった後で、通りに面した旗本屋敷からは様々な料理の匂いが流れてくる。その中から格別に粗塩焼を嗅ぎ分けたのは、たいそう出来の良い香りだったからだ。

粗塩焼は鰺、小鰭《こはだ》、鮒《ふな》、鮎《あゆ》などの魚を塩焼きにし、酒を煮立てて作った酒出《さかだ》しに醤油をひと垂らしした汁をかけて供《きょう》する。

手順が簡単なだけに、魚の焼け具合と酒から酒気《しゅき》を煮出す加減が、大きくものを言うのだ。

(もしこれがふみの作ったものならば、手前味噌どころか見事な腕前だ)

ふみが鯵を見つけてはしゃいでいたことを考え合わせれば、十二分にあり得る話だ。惣介は思わず小走りになった。息を切らして組屋敷の門をくぐると、果たして、新しい離れのほうから、鯵の粗塩焼が匂ってきた。

鼻だけでもはっきりわかった。鯵は、面《おもて》をこんがりと、皮の内側にはたっぷりと汁気を残して、焼き上がっているし、酒出しは、まろやかな薫りをきちんと留め、臭みだけしっかり除いてある。

そうして耳には、伝吉のたどたどしい歌声とふみと主水の楽しげに笑う声が聞こえた。暗闇にたたずめば、離れは、仲の良い夫婦と大事にされている倅の住む庵《いおり》のように感じられる。

惣介は、主水が住み込むようになってじきに、この男は英吉利の憂き世で恐ろしい目に遭ったのではないか、と推量したことを思い出した。

(ふみは、俺が片手間に教えるより、ずっと良い師匠になる)

せっかくの団居《まどい》を壊すのが惜しくて、惣介はしばしためらった。とはいえ、このまま母家に引っ込むわけにもいかない。ふみが作った菜も見ておきたかった。否《いな》、食べたかった。

仕方なく惣介は、戸口からそっと声をかけた。

「粗塩焼は、俺の分もあるのかな」

「あれまあ、旦那。何をおっしゃってんです。ございますとも」

炉端で主水と向かい合っていたふみが、華の笑顔で振り返った。伝吉は主水の膝の上。そうして主水は、なんとも安らいだ顔で座っていた。

「鯵を白焼きにするのに、ちっとお隙をいただきやすからね。その間、こっちの鉢を味見しておくんなさい」

言ってふみが差し出した小鉢は、きんぴら牛蒡《ごぼう》に似ていたが、牛蒡の旬は冬。千に切ってあるのは他の物だ。

「ふみさんは、大根の皮を千六本に刻みましたよ。唐辛子《とんがらし》も、わたと種をたいそうきれいにかっ穿《ぽじ》って、千六本にしやしてね」

主水が鉢の中身が、大根の皮のきんぴらだと教えてくれた。きんぴらの心髄《しんずい》は唐辛子の辛さである。それを辛味の一番強いわたを取り去って作ったのは、伝吉が食べよいようにと思ったからだろう。

大根の皮を酢と醬油で煮て唐辛子を散らしたきんぴらに、牛蒡の歯ごたえはなかったけれど、材料が柔らかいぶん味が良く浸みて、しゃりしゃりした歯触りとともに口中に広がる酢醤油の香りが、丼飯を呼んだ。

(ふみの腕が大したものだとはわかったが、それにしても)

飯びつからたっぷり飯をよそいながら、惣介は首を傾げた。

ふみを師匠にすれば、主水の腕もよほどましになるだろう。その代わり『かっ穿』るだの『しやしてね』だの、侍らしくない言葉を山盛り頭に詰め込むのは間違いない。

「鮎川様、主水様はほんとは、門炉《もんろ》すぺん佐《ざ》ってぇお名だそうですねぇ」

惣介の思い悩みを知る由もなく、鰺を載せた七輪に団扇で風を送りながら、ふみの声は弾んでいた。

「そいじゃあわかりにくいんで、主水と名乗っておられるそうで」

初耳である。惣介がほんの半刻《はんとき》いない間に、ふたりはやたら打ち解けたらしい。

「そいから、伝吉にお故郷《くに》の歌を教えて下さいやした。まざ愚図《ぐず》ってぇ、おっかさんが作った謡《うたい》でしてね。やっぱし、箱根から向こうには、思わぬことがごっそりござんすねぇ」

ふみがしゃべり終えないうちに、伝吉が得意気に歌い出した。惣介が戻ってきたときに、離れの外で聞いた拍子だ。

「ろんだ　ぶりじ　ほりだ　ほりだ　ほりだ　ろんだ　ぶりじ　ほりだ　ういざげれいで」

丸っきりまじないである。

主水が炊いたとは思えないほっこりとして甘みのある飯――ふみが蒸し直したに違いない――に、きんぴら大根《だいこん》を載っけて堪能しながら、惣介はまた首を傾げた。

離れの内で、外とはずいぶん違う浮き世が生まれている。上様は、それを良しとして下さるだろうか。


飯びつを空にして、猫にやるところが残らないまで粗塩焼をむしった。きんぴらもあるだけ平らげた。主水とふたりで茶碗や皿を洗い、ふみと伝吉を連れて外に出ると、玄関の脇に鈴菜が待っていた。古い離れが片付いたのだ。

「何もない松右衛門店に戻っても仕方があるまい。ちと頼みたいこともある。良ければ今夜は泊まってもらいたいと思うて、支度をさせた。むろん熊助のことが」

気になるようなら横網町まで送っていく、と口に出す前に、伝吉が鈴菜の手を取って、古い離れのほうへ駆け出した。

「ここに寝るのかい……おいらとおっかしゃんと」

中をのぞいて、伝吉が不安げに鈴菜を見上げて訊《き》いた。

「うん。けど、伝ちゃんが嫌ならやめたって……」

伝吉は、鈴菜の返事を最初しか聞かずに、離れの土間へ飛び込んでいた。

「しゅごい、しゅごい。おっかしゃん、見てみな。お屋敷のようだよ」

土間に狭い台所をしつらえ、六畳半ひと間に手水《ちょうず》があるだけの、松右衛門店に毛が生えた程のものだ。それでも伝吉の眼《まなこ》は輝き、顔は笑み崩れていた。

「昼間みたいに明るいねぇ。筵《むしろ》もつるつるふかふかだぁ」

鈴菜は行灯と瓦灯を両方置いて灯《とも》していた。畳も念入りに拭き清めて、塵ひとつ落ちていない。枕屏風《まくらびょうぶ》の脇には、自分の寝間から持ち出した鏡架《きょうか》（鏡立て）と手鏡まで据えてあった。

「伝吉。それは筵じゃなしに、畳ってんだよ。そいから、入っていいのは土間までだ。畳に上がるんじゃない。わかったね」

力のない声で伝吉に言い聞かせてから、ふみは真顔で振り向いた。

「旦那、お頼みが良いお話なのはよっくわかっちゃあいますが、あたしはまだ熊助の女房です。妾奉公《めかけぼうこう》はできゃしません」

あまりのことに、惣介はあんぐりと口を開《あ》いたまま、返事に詰まった。傍で鈴菜が苦しげに笑いを堪えている。

「いや、そうじゃあない。これは俺が悪かった。いちからきちんと話をするべきであった。頼みたいのは主水の」

「それだって、同《おん》じことで」

「どうもお前さんは、早合点でいけない。人の話は仕舞いまで聞くものだ」

ぴしりと叱っておいて、惣介は言葉を継いだ。

「そもそも主水は独り者だ。お前さんが熊助から三行半をもらえば、夫婦にだってなれる」

「あれ、あたしはてっきり、箱根より向こうのどっかの藩に、ご新造を残していらっしゃるもんだとばっかし」

ふみがまた惣介の話をさえぎって、それからひょいと黙り込んだ。

「だから仕舞いまで聞けと言うておるのに。妾だのご新造だの、そんなことを言うておるんじゃない。頼みたいのは他でもない。主水に料理の手ほどきをする役だ。故《ゆえ》あって、彼奴に料理を教えねばならんのだが、俺もお役目繁多《はんた》な身だ。で、お前さんに、指南役を引き受けてもらいたいのだ」

今度は、ふみの口があんぐりと開いたままになった。

「毎日、朝、昼、晩と三度、料理を教えるのは骨が折れる。そこはわかっておる。引き受けてもらえるなら、些少《さしょう》ながら給金も出す。この離れは、ただで住まってもらって構わんし、熊助が戻ったなら一緒に住んでもいい。どうだ」

ようやく言いたかったことをすべて言い終えて、惣介はふみの様子をうかがった。

「あたしが、主水様の料理のお師《し》匠さんになんですか」

「そう頼んだ」

「まあ、旦那……」

ふみは惣介と伝吉の顔を、何度も見比べた。それから両手で顔を被《おお》ってその場にしゃがみ込んだ。指の間からぽたぽたと涙の滴がこぼれ落ちた。

「おいおい、それほど嫌か。主水も嫌われたものだな。無理もない。彼奴のへぼっぷりには、俺もほとほと手を焼いておるのだ。やれやれ」

なんといっても姿形が赤鬼だ。ふみも行儀良く堪えてはいたが、実は怖かったのだろう。

（それを、楽しげだの団居だの、妙な勘違いをした）

我ながら情けなかった。思えばふみは鈴菜とさほど歳も変わらない。伝吉の母親とは言え、ほんの小娘なのだ。

「父上。ここはあたしが引き受けましょう。歳の近い同士、ふたりで話をいたします」

困じ果てた惣介に、鈴菜が助け船をくれた。

「ありがたい。ともあれ今夜はここに泊まるよう言うてくれ。どうでも嫌なら、明朝一番に松右衛門店まで送っていこう」

すっかり気草臥《きくたび》れして、惣介は母家に向かってとぼとぼ歩き出した。

「伝ちゃん、もう畳に上がっていいんだよ。お布団を敷いたら、一緒に蚊帳を吊ろうねぇ」

背中で鈴菜の長閑《のどか》な声がした。目の端で主水の離れの戸が少し開いているのを捉《とら》えた気がしたが、見返ると戸口は閉まったままだった。

（四）

翌朝、明け六つ（午前四時頃）が鳴ってじきに惣介をたたき起こしたのは、主水でもふみでも鈴菜でもなく、隼人だった。

「おい、惣介。起きろ。吉報だ」

隼人の大声を耳元で聞いて、惣介は皐月十八日《ごがつ》の朝を迎えた。外記が横死《おうし》してこの方、隼人のこんなに明るい声を聞くのは初めてだ。惣介の目はまたたく間に覚めた。

「そいつぁ良かった。まことに良かった——して、何ごとだ」

「いいか、驚くな。信乃がなあ、絵を描《か》いた」

言いながら隼人が懐から出したのは障子紙だった。少し陽に焼けている。貼ってあったものをきれいに切り取ったらしい。その真ん中に、墨でくねくねした線が二本引いてあった。嫌な予感がした。

「見ろ。大したものだろう。このくねりぶり。蚯蚓《みみず》の姿が、見事に活写されておる。信乃には絵の才がある。先行き江戸《えど》琳派《りんぱ》を背負って立つ逸材《いつざい》やもしれん」

やっぱりだ。

惣介は今一度、夜具にもぐり込みたくなった。

（とは言うても……）

再び眠気の差してきた頭で、惣介は考えた。血生臭い巷《ちまた》に沈んでいた隼人が、父親としてのおのれを取り戻し、長閑《のど》やかに振る舞っているのだ。つき合ってやるのが友の役目だろう。

「『実のなる木は花から知れる』と言うからなあ。楽しみなことだ。しかし次からは、障子でなしに反故《ほご》を使うて稽古《つこ》するよう、教えたほうが良いぞ」

隼人が親として甘すぎるなら、それを補ってやるのも友の務めだ。

「ふむ。それは俺も言い聞かせた。障子に描いたのでは、掛け軸にも作りにくい。きちんとした紙に描かねばいかん」

阿呆《あほ》らしさに、腹の虫が泣き出した。同時に、ふみのことも思い出した。鈴菜はどう話をつけただろうか。

何はさておき、ふみのところへ顔を出すつもりで単衣《ひとえ》を着流し、帯を結んでいるところへ鈴菜が来た。

「おや、片桐のおじ様、お久しゅうございました。仁ちゃんも信乃ちゃんも、お健《すこ》やかですか」

「おかげで、すこぶる息災《そくさい》に育っておる。鈴菜もしばらく見ぬうちに、やけに娘らしくなったが、誰ぞ惚《ほ》れた相手でもできたのか」

できたのかどうか、父も是非聞きたい。惣介の胸のうちの叫びも空しく、鈴菜は、隼人の毎度お馴染《なじ》みの冷やかしを素知らぬ顔で聞き流し、こちらに向き直った。

「父上。ふみさんが、主水様に料理の稽古をつけてくれるそうですよ。ですけど、それについちゃあ、お頼みしたいことがあるそうなんで、今ここに来てます。入ってもらってようござんすか」

隼人がきょとんとした顔になった。卯月から皐月《しがつ》にかけてごたごたつづきだったから、軽く事情を話したっきり、まだ主水に引き合わせてもいない。まして、ふみのことは昨日の今日だ。

「主水に料理の師匠をつけようと思うてな。良い具合に、たいそうな料理上手を見つけたのだ。くわしい話はまた後だ。指南役を待たせてはまずかろう」

早う入ってもらえ、と言いかけて敷きっぱなしの寝床に気づいた。また昨夜のように思い違えられては敵《かな》わない。

「いや。俺が出る。表座敷で話を聞こう」

惣介は、帯がきっちり結べているのを確かめてから、襖を開けた。隼人があとからついてきた。

伝吉と一緒にゆっくり寝たためか、しっかり食べたからか、ふみの顔色はめっきり良くなっていた。女っぷりも昨日より数段上がった気がする。

伝吉はふみの背中に負《お》ぶわれて、まだうつらうつら眠っていた。心なしか、昨夜より表情が円《まど》かなようだ。

「主水に料理作りを伝授してもらう件、引き受けてくれるそうだな。やれやれ良かった。礼を申す。ちなみに頼みごとがあると鈴菜から聞いたが、なんでも言うてくれ。できる限りのことはする」

おそらく、主水の顔が怖いからどうにかしてくれ、と頼まれる。そのように惣介は覚悟していた。

（頭巾《ずきん》をかぶらせるか、面をつけさせるか……）

ただでさえ包丁使いの危なっかしい主水に、余計なものを着けさせるのは気が進まなかった。が、こちらは頼みごとをする立場だ。やむを得まい、とも思う。ふみを雇うのは、おのれの手間を省くためでもあるから、主水に対して後ろめたくもある。

惣介はもつれた心持ちで、ふみの言葉を待った。

「こんなにお世話になってながら、気儘《きまま》なことをゆって、お恥ずかしいこってすけど」

ふみはうつむいて言い淀《よど》んでいたが、ようやく踏ん切りをつけた風で、真っ直ぐに惣介を見た。

「熊助を、あたしの亭主《ていし》を、捜し出しておくんなさいまし」

「なんと……そんなことか。捜し出して共に暮らしたいのだな」

女の気持ちはわからない。

熊助など碌なもんじゃない――周りの誰に訊いてもそう答えるだろう。だが、いくら他人が見て駄目だとわかる男でも、夫婦になったからには未練が残るものなのかもしれない。

「違います。違います、旦那。捜し出して、三行半をもらいてぇんです。昨夜《ゆんべ》、伝吉とだいぶん話をしやしてね。伝吉も『あんなおとっつぁん、いらねぇ』ってゆってくれやした。あたしも、もう愛想も小想《こそう》も尽き果てちまってます。でくの坊を待って日を過ごしたって、間尺に合いやしませんから」

「そうか、そうか。よう腹をくったなぁ」

惣介は何度もうなずいて、ふみに笑顔を向けた。

三行半――離縁状がなければ、亭主も女房も再縁できない。これは幕府の〈公事《くじ》方御定書《かたおさだめがき》〉によって決められた法度《はっと》である。三行半なしに新しい女房、亭主を迎えれば、男は所払い、女は髪を剃って親元に帰される決めだ。

離縁状を書くのは亭主の側だ。が、女房が納得できなければ、町奉行所に訴えて離縁を取り消してもらうこともできる。逆に、相当の理由があれば、女房のほうから離縁状を書くよう迫ることも許されている。

「しかし、熊助が見つけ出せたとして、素直に三行半を書くかな。町奉行所に持ち込めば、どうにかなるやもしれんが」

熊助はふみと伝吉を放り出したまま、長屋に帰らずにいる。熊助の三行半がなくとも、奉行所に訴えればいずれは離縁が認められる例《ためし》だ。しかし、ひと月半ではまだ短い。法度は『三、四年通路致さずにおいては』（三、四年音沙汰がなければ）としているのだ。

惣介が出向いて、母子の不憫《ふびん》な暮らしぶりを微に入り細をうがって語れば、奉行所も配慮してくれるかもしれないが、必ずとは言い切れない。

「女房殿の腹が決まっているなら、何も奉行所を煩《わずら》わせることもない。熊助をとっ捕まえれば、どうとでもなる」

隼人が勇み立って口を出した。鈴菜と何やらこそこそ小声で話していると思ったら、ふみの身の上を聞き出していたらしい。

「あっさり言うたな。どうやって書かせるつもりだ」

「そりゃあ、俺が」

隼人はにんまり笑って、脇に置いていた太刀を撫《な》でた。

確かに内済《ないさい》（示談《じだん》）——隼人の脅しとも言う——で済ませれば話は早い。

「となると、あとはどうやって、熊助を見つけるかだ」

「そちらも俺に任せるがいい。ふみさんから話を聞いて、似絵《にせえ》を描いてやる。それを持って横網町の近所や心当たりの場所を聞き込めば、呆気《あっけ》なく見つかるさ」

「隼人。おぬしが絵を描くなぞ、ついぞ耳にしたこともない話だ。上手いのか」

「侮《あなど》るなよ。俺は江戸琳派のこれからを担《にな》う娘の父だぞ。似絵の一枚や二枚、お茶の子さいさいだ」

心許《こころもと》ない。あまりにも心許ない。だが、隼人はやる気満々だ。

惣介は鈴菜に硯箱《すずりばこ》と紙を持ってくるよう言いつけ、小一郎を呼んで文机《ふづくえ》を運ばせた。それから自分も立ち上がった。

「俺は朝飯を食ってくる。腹が減ったせいか、それとも他のわけがあってか、頭がぐらぐらしてきた」

「他のわけなどあるものか。腹の虫が泣いているからに決まっておる」

隼人が躊躇《ためら》いもなく断じるのを聞いて、惣介はむっつりして座敷を出た。

台所との仕切りの襖を閉めると、志織が米を研《と》いでいた。

「どうなさいました、お前様。ため息なんぞついて。お腹がお空きですか」

ため息をついた覚えはなかったが、志織が言うのだから、我知らずついたのだろう。

「うむ。腹も減っておる。けれどそれだけじゃあない。昨日から、どうも何やら胸につっかえて気色が悪い」

「鈴菜のことでございましょう。あの子はどうやら、好いたお方がいるようですから」

志織の落ち着き払った笑みに押されたかのように、つかえていたものが胸から腹へすとんと落ちた。さすがに母親だ。隅に置けない。

「そう、それだ。まだほんの小娘だというに、困ったものだ。妙な奴に引っ掛かっておらぬと良いが」

「ご案じなさいますな。心が決まればきちんと話してくれますよ。それより、片桐様がお元気になられて、ようございました」

「元気すぎて、こっちが弱る。鼻息も荒く似絵を描くと言い張っておるから、朝餉《あさげ》を食わせてやってくれ」

志織が面白がる顔でうなずくのを見て、惣介は水口（勝手口）から外に出た。主水に、ふみが師匠と決まったことを知らせ、隼人に足止めを喰らっているふみに代わって、朝餉の指南をするつもりだった。

外に出た途端、惣介の脳天にぽつりと雨粒が落ちた。起きたときから、鼠色《ねずみいろ》の雲が、落とし蓋《ぶた》のように空を被っていたが、とうとう降り出したわけだ。

「それならば、御指南いただく間、伝吉はそれがしが負ぶうておりましょう」

話を聞いて、主水は桃色の顔をさらに赤くした。この大きな体に童を背負うくらい造作《ぞうさ》もなかろう。頭巾をかぶって料理するより、遥《はる》かに楽だ。

それかあらぬか、主水はやけに嬉しげだった。伝吉に教えた謡を鼻で呻《うな》りながら、薪をくべている。

「念のために言うておくが、ふみはあくまで、料理の手ほどきのために雇った。若い女とはいえ、お師匠様だ。不埒《ふらち》な真似は許さんぞ」

「はい。英吉利男児の名にかけて、伝統に則《のっと》り、礼儀正しくご教授いただく所存に仕《つかまつ》れば、心配ご無用にござる」

大真面目な顔でそう言うと、主水はぴんと背筋を伸ばして立ち、両掌《りょうてのひら》をピシリと腿《もも》につけて、下駄をカチリと合わせた。

少し柔らかめに炊きあがった飯と、豆腐がすべて細かな欠片《かけら》となって浮かんだ味噌汁。三枚ずつつながった古漬けの沢庵《たくあん》。そして、ほどよく脂を残して、ふっくら焼き上がった目刺し。

以上を膳に載せて主水と朝飯を終えたところで、母家の玄関に客が来た。声からして、若い男のようだ。

離れの戸口からのぞいてみると、客は二宮一矢《にのみやいちや》だった。

裾の細い踏込袴《ふんごみばかま》に単衣の黒絽《くろろ》羽織で、腰に大きな魚籠《びく》を結わえている。

一矢は今年二十六歳になる二百石級の旗本だ。弓術の名手で道場も開いている。

去年の暮れに惣介、隼人と知り合い、その後、今年の春にかけて曲折《きょくせつ》があった。

出会ったばかりの頃は、癖の悪い酒浸りで、生白い嫌な顔色をしていた。それが今は、よく陽に焼けて壮健な様子だ。

春の頃に鈴菜と香乃は、一矢が三代目尾上《おのえ》菊五郎《きくごろう》にそっくりの男前だとはしゃぎ、ぜひ振り袖を着せてみたいと騒いでいた。しかし、こう逞《たくま》しくなっては、白粉《おしろい》も乗りが悪かろう。

（どうやら断酒はつづいておるようだな）

惣介がぼんやり思いにふけっているうちに、小一郎が飛び出てきて「お師匠様。おはようございます」と丁寧に挨拶した。小一郎も一矢の道場に通っているのだ。

「おお、小一郎。今朝は、父上にこれを持ってきた。どうです、鮎川殿。見事なかいずでしょう」

言い様、一矢は魚籠から一尺近くあろうかという、かいず（チヌ・黒鯛の幼魚）を出し、尾を持って掲げた。声をかけずとも、惣介がいることに気づいていたらしい。

「門弟に誘われて、明け七つ（午前三時頃）前から鉄砲洲《てっぽうず》に舟を出しましてね。短い間に、このくらいのが五枚釣れました。ご無沙汰の挨拶も兼ねて、裾《すそ》わけに持って参りました。締めて血抜きがしてあります」

「鉄砲洲なら、俺も何度か行ったが――」

惣介は少し慌てて離れを出た。一矢は信頼できる立派な武士だ。といえども、旗本に主水のことを知られるのは、上様にとっても好ましくない気がしたからだ。

「一度も釣れたことがない。どうやったら五枚も釣れる。餌《えさ》は何を使った。場所はどの辺りだ」

惣介が一矢を玄関に招じ入れたのと入れ替わりに、伝吉を背負ったふみが黙ったまま丁寧な辞儀をして出て行った。離れのほうへ歩きながら、惣介に向かって目交《めま》ぜを寄越したのは、万事お任せ、の合図だったろう。

「今年は石垣の辺りで、皐月の半ばからずっと釣れているようですよ。餌は――」

「二宮様。お久しゅうございます」

いちばん大事なことを訊きだそうとした、まさにそのとき、鈴菜が笊を持ってやって来た。

「これが、かいずでございますか。父がいつも『かいずを釣ってくる』と言い置いて出かけては、ちぃぃさな鱚《きす》かなんぞを一匹、二匹、持って帰るものですから、あたしはてっきり、かいずってのは、河童《かっぱ》や人魚《にんぎょ》同様、おとぎ話の生き物かと思うておりました」

鈴菜の混ぜっ返しに一矢と隼人が笑い出して、餌の話は聞き損ねとなった。

がっかりしつつも、かいずが三尾載ったずっしり重い笊を受け取り、惣介は急いで台所に籠《こ》もった。かいずは臭みが総身に回りやすく、身が弛《ゆる》むのも早い。そこで、さっさと腸《はらわた》をのぞき水洗いして、臭くなるのを防ぐ。塩を打って弛みを止める。

下処理の後、取りあえず、二尾はそのまま、残りの一尾を三枚に下ろした。

（塩焼きか、酒蒸しか。下ろしたほうは、たたきにするか、湯引きでいくか……）

頭の中を料理法が心地好く巡る。

実のところ、惣介は、薄造りに冷や酒を添えて表座敷に運ぶつもりで、台所に入ったのだ。だが、包丁を握った瞬間、それがどんなに酷なことか気づいた。一矢のいるところで他の者が酒を楽しむのは、如何にも心ない仕打ちではないか。


下拵えの済んだかいずを涼しい戸棚に入れ、表座敷に引き返すと、驚いたことに、新たに客がふたり増えていた。その代わり、鈴菜は奥に引っ込んで、各自の前には茶菓が出ている。

ひとりは近森銀治郎だった。珍しく、単衣の小袖に同じく単衣の袴を穿《は》いて、侍らしい格好でいる。脇に置いた手桶に、花菖蒲が十本、瑞々《みずみず》しく咲いていた。極淡い藍色の花弁に、それより少し濃い色の脈がところどころ入った、慎《つつ》ましやかで粋な花だった。

「鮎川殿に花菖蒲をお届けしたいと思いながら、なかなか果たせませず。とうとう晩生《おくて》も最後の花になってしまいました。これはまだ新種作りの途中でして。仕上げるにはこの先、六、七年はかかるでしょう。伊左衛門《いざえもん》さんは、この花が見事に仕上がったら〈泉川《いずみがわ》〉と名付けるそうです」

相変わらず花菖蒲に心血を注いでいる風だ。伊左衛門は堀切村の豪農で、銀治郎はそこの花菖蒲田に入り浸っているのである。

「ほう。これでも充分に美しいと思うが、まだ出来上がりではないのか」

隼人が驚いた声を出し、それからつづけた。

「さりながら、この花の穏やかさ、もの柔らかさは、銀治郎殿にどこやら似ておるな」

「わたしは手伝いをしているだけですけれども」

銀治郎は温和に笑んで、少し頬を赤くした。

もうひとりは、大鷹源吾。いつものように木綿の羽織袴をぴしっと着こなして、背筋を伸ばして座している。膝の前に籠《かご》がふたつ置いてあった。中には、初物の大きな桃が三つずつ。

「我が殿から、過日の御礼とお詫《わ》びの品でございます。鮎川殿と片桐殿。ひと籠ずつどうぞお納め下さいますよう、お願い申し上げます」

惣介と隼人は、思わず顔を見合わせた。倹約家で名の高い水野和泉守が、なんの魂胆《こんたん》もなく初物をくれるとは。信じがたい。

「それで、和泉守様は、代わりに何をご所望なのだ」

隼人の訊きようには身も蓋もなかった。

隼人と大鷹は、幾度も生死の境をともに渡ってきている。遠慮なさの奥には、そんな相手への一脈の気安さもあるだろう。大鷹は大鷹で、堅苦しい挨拶を終えると、いつものどこやら得体の知れぬ若造に戻った。

「これまでの行き掛かりを思えば、おふたりが我が殿に対し疑心暗鬼《ぎしんあんき》になられるのも、わかります。ですけど、この桃に罪はないでしょう。美味《うま》いですよ。ちゃんと召し上がって下さいね。なんなら、わたしがお毒味を……」

「せんでもいい。せっかくの初物だ。おぬしに食われてなるものか」

ついつい大声が出た。一矢と銀治郎が、笑いをかみ殺す風にうつむいた。大鷹は精悍《せいかん》な顔でニヤリと笑って、それから文机の上で隼人が描き散らかした絵に目を移した。

「さっきから気になっているのですが、この絵は何です。似絵のようでもあるが……三人の尋ね人ですか」

「賢そうな顔をして、たわけたことを言う。三枚とも同じ男に決まっているだろう。

まだ、こちらにもあるぞ」

隼人が膝の上からあと五枚、たぶん熊助を描いたと思われる紙を出した。

「隼人。大鷹の言うとおりだ。とても同じ奴には見えんぞ」

「やかましい。ああ、惣介に要らぬことを言われたら、良いことを思いついた。ちょうど若い者が三人、集まっているのだ。人捜しを頼みたい。この男は熊助といって――」

呆れたことに、一矢も銀治郎も大鷹も、熱心に隼人の話に耳を傾けた。

「あくまで俺の推量だが、賭場《とば》にはおらんと思う。博打打ちなら妻子に銭を置いては行かん。あるだけ掻っさらっていくのがやり口だ」

そう隼人が話し終えると、三人は八枚の絵の中から、少しでも顔の性状《せいじょう》が出ているものを選んで立ち上がった。

「俺は当番でこれから登城するが、暮れ六つにはここに戻る。それまでに見つかったら、其奴を連れて来てもらいたい。見つからなんでも顔は出してくれ。手間賃代わりに、惣介が夕餉を馳走《ちそう》する」

惣介が狐につままれた心持ちでいる間に、三人は、じっとりと蒸す雨の中を、傘を差し、あるいは笠をかぶって、それぞれ別の方向へ散っていった。

「隼人。おぬし、今、徳川家の八万騎を顎《あご》で使うたぞ」

「それがどうした。彼奴らも、人助けができたら嬉しかろう」

我が友ながら、大鷹同様に正体不明な気がしてきた。そもそも、登城前に四谷から諏訪町まで子ども自慢に来ることからして奇天烈《きてれつ》だ。

惣介の腹のうちで呆《あき》れがとんぼ返りを打っているのも知らず、隼人はもうひと言つけ加えた。

「どうも不可解でならんのだが。雨の降る日にいい若い者が三人、揃っておぬしを訪ねてきた。これは偶々《たまたま》か。誘い合わせて来たようには見えなんだがなあ」

言うとおりだ。ふたりなら偶々もあり得る。だが、三人となると——。

ふいと志織の声が頭をよぎった。『鈴菜のことでございましょう。あの子はどうやら、好いたお方がいるようですから』

（いくらなんでも『好いたお方が』三人は多すぎるだろう）

足下の地面が、波にさらわれる砂のように、するすると消えていく気がした。

（五）

一札之事

私妻ふみと申女《もうすおんな》 今日致離縁《こんにちりえんいたし》申《もうし》候《そうろう》につき、此上何方《このうえいずかた》へ縁付候《えんづきそうろう》とも、少しも構無之《かまえこれなく》
候《そうろう》
当年《とうねん》四歳に罷成《まかりなり》候《そうろう》 倅 伝吉 義も、相添相渡《あいそえあいわたし》申《もうし》候《そうろう》
後日に至迄此義《いたるまでこのぎ》に付、故障申間敷候《こしょうもうすまじくそうろう》 仍《よ》って如件《くだんのごとし》

本所横網町　熊助

文政六年未《ひつじ》 年皐月十八日

鮎川惣介殿

隼人が登城した後、惣介は四半刻かけて、離縁状の手本を書き上げた。三行半といっても、三行と半分に収める決まりはない。必要なことがすべて書き込まれていればいいのだ。

（あとは熊助が来たら、このとおりに写させるばかりだが……）

果たして、三人のうちひとりでも、熊助を見つけ出せるだろうか。

待つ間に、ほうじ茶で茶飯を炊き、すましより薄目のかけ汁をたっぷり作り、茗荷《みようが》と海苔を刻んで、利休飯《りきゆうめし》の支度をした。腹を空かせて戻った者に、すぐ出してやれるように、と考えてのことだ。

離れをのぞくと、ふみが主水に大根の切り方を教えていた。

輪切り、半月切り、いちょう切り、拍子切り、短冊切り。様々な太さ形に切った大根が、それぞれ分けて笊に載せてある。ふたりとも、声をかけるのをためらうほど、熱心な顔つきだった。

伝吉はひとり、炉端で独楽《こま》回しの稽古に夢中でいた。鈴菜が小一郎のお古を捜し出して与えたらしい。独楽の傷に見覚えがあった。

惣介の危惧《きぐ》は無用のものだった。

まず、七つ過ぎに、銀治郎がひとりで戻って来た。玄関の手前に立ち止まったまま、傘の内の顔が重苦しく暗い。

「見つからなんだか。なに、気に病むことはない。草臥れたろう。いいから上がれ。

昼餉《ひるげ》は済ませたのか」

黙って首を横に振る銀治郎を、惣介は上がり框《がまち》に座らせた。志織が熱い湯を入れた小桶を足元に置いた。鈴菜が出てきて、案じる顔で銀治郎を見ていた。

「わたしが見つけた熊助は、亡くなっておりました」

足を拭き表座敷に落ち着くと、銀治郎はそう切り出した。

「おぬしは、いったいどこへ捜しに行ったのだ」

「小石川養生所《こいしかわようじょうしょ》です。ふた月近く戻らないと聞いて、真っ先に浮かんだのが病と怪我のことでしたので」

合点がいった。なぜそこへ行ったかも、今の沈んだ顔つきにも。

銀治郎の兄は、一年近く患《わずら》いついた果て、去年の春に病死している。そのため、近森家は戸部武兵衛に大金を借りる羽目になり、花菖蒲に打ち込んでいた銀治郎には、旗本家の跡目が回ってきた。

武兵衛が死んで、陰に陽に苛《さいな》まれることはなくなっただろうが、戸部家への借金は残ったままだ。何より、頼りにしていた兄を失った哀しみは、まだ癒《い》えていまい。

「熊助という名のがっしりした男が、卯月の初めに、頭に大きな怪我をして運び込まれたそうです。一緒についてきた男が『熊助』と名だけ告げて逃げ去り、当人は一度も目を覚ますことなく絶命したそうで」

「そうであったか……弱ったな。ふみには何と話したものか」

熊助は、戻らなかったのではなく、戻れなかったのだ。そうと知れば、いくら愛想尽かしした相手とは言え、ふみも伝吉も悲しむに違いない。

迷いながら惣介が腰を上げたとき、一矢が玄関を入ってきた。うんざりした顔で、荷物のように抱えてきた酔っ払いを、どうっと三和土に放り出す。酒太りなのか、背丈は世間並みだが、ころころと惣介も顔負けなほどよく太っていた。

「熊助を見つけましたよ。情けない奴だ。早よう離縁させてやったほうがいい」

惣介も唖然《あぜん》としたが、銀治郎も目がまん丸になった。

「何のことれしゅ、お武家しゃま。そりゃ、あっしは熊しゅけれすけろもね。女房子を質《ひち》に入れて呑んじゃいましゅけろもね。あの徳利には、まら半分方、しゃけが残ってたんしゅよ。しょれを置いたまましゅれだしゅとは、ひどいじゃごじゃんしぇんか」

「道々こればっかり繰り返されて、耳にたこができました」

剛毅《ごうき》に笑う一矢を、惣介は思わず叱りつけた。

「おぬし、居酒屋を巡ったのか。危ういことをする」

一矢が酒を断って、まだ半年にもならない。きっかけがあって呑み始めてしまったら、また、底なしの泥酔まで堕ちる。あっという間だ。

「試してみたかったのです。これまでは酒に近づかぬよう、ただ逃げていたばかりな気がしたものですから」

一矢は首をすくめて苦笑いした。

「ですけれど、一軒目ですぐ、虎の尾を踏むようなものだとわかりました。それで屋敷に戻って、あとは継矢《つぎや》に任せました」

引き戸の陰から、一矢の弟、継矢が顔をのぞかせた。この春、最後に顔を合わせたときに比べ、ずっと朗らかな様子になっていた。

「継矢殿まで巻き込んで、まことに面目次第もござらん。さあ、お上がりなされ」

銀治郎、一矢、継矢の三人が表座敷に腰を落ち着けたところで、志織と鈴菜が、湯気の立つ利休飯に瓜《うり》漬けを添えて、膳を運んできた。出汁と茗荷と浅草海苔の香りが六畳間に立ちこめ、各自が各様にひと息つく音がした。

皆が食べ終えるのを待って、惣介は離れへふみを呼びに行った。伝吉は主水に預けた。父親のみじめな姿を見せたくなかったからだ。

が、寝汚《いぎたな》く三和土に転がっている男をひと目見ると、ふみは詰めていた息をほぉっと吐き出した。

「顔はどこやら似ておりますけど、このお人じゃござんせん。うちの宿六はひょろっと痩せてやす。おかしなお頼みごとをしたもんで、お武家様方にすっかり隙取《ひまど》らせちまって、なんとお詫びしたもんやら」

となると、銀治郎が養生所で見つけた熊助も別人らしい。

ふみが離れに戻るのを待ち、一矢と継矢が三和土の隅に筵を敷いて酔っ払いを片づけた。目が覚めたら放って置いても帰っていくだろう。

「あとは大鷹待ちだな」

惣介がつぶやいて間もなく隼人が来た。下城してそのまま諏訪町に足を向けたようで、継裃《つぎかみしも》姿だった。

「おぬしの下手くそな似絵のせいで、銀治郎殿も一矢殿も継矢殿まで、骨折り損の草臥れ儲けだ。せめて痩せていることくらいは、当然、書き添えるべきだろう」

隼人がまだ足を洗ってる間に、惣介は文句をつけた。

「ふむ。それは思いつかなんだわけではないが、人間、ひと月あるとずいぶん体の形が変わるだろう。おぬしの腹なぞ、十日会わずにおると、倍近くふくらんでおったりするからなあ。いや面目ない」

隼人は三人に深々と頭を下げた。それから、惣介のほうを向いてつけ足した。

「俺はどうも自惚《うぬぼ》れが過ぎたようだ。信乃の絵の才は、八重から受け継いだのだな」

親馬鹿のほうは、自省する気もないらしい。


そうこうするうちに雨が止んだ。生ぬるい夕風が吹き始めた。

酔っ払いが目を覚ましてあたふたと逃げてゆき、それを見届けて、一矢は継矢とともに帰っていった。

「あの酔っ払いは、一矢が連れてきたのか」

ふたりがいなくなると、待ちかねたように隼人が訊いた。涼しい顔でいながら、その実、気に病んでいたのだ。惣介は銀治郎に目配せしてから答えた。

「あれは銀治郎殿が見つけてきた。二宮兄弟は小石川養生所に回って、無縁仏になった熊助を捜し出した」

「そうか……浮き世には熊助が幾人もおるのだなあ」

信じたのか、信じたふりをしたのか。隼人は小さくうなずいたきり、それ以上は質《ただ》さなかった。

半刻ほどたって、門の辺りで男のわめく声が聞こえた。話しぶりからして町人だ。隼人と連れだって表に出ると、大鷹が泥濘《ぬかるみ》に痩せた男を引き据えていた。

離れからふみが飛び出してきて、金切り声を上げた。

「お前さん、いったい今までどこにいたんだい」

「ふみ。このアマ。よくも亭主に恥ぃかかせやがったな」

ようやく当の熊助だ。

「この痴《し》れ者。女房子どもを放り出して遊び歩いているほうが、よほど恥だろう」

隼人が怒鳴りつけた。

「お言葉ですがね、旦那。女房がいたって、他の女に惚《ほ》れっちまうことはあんでしょうよ。いっくら侍《さむれえ》だって、人の気持ちまでどうこうできゃしめぇ。それを無理やり俺を船から引きずり降ろしゃあがって、このべらぼうめぇ」

怒髪天をついた様子の隼人がものを言い出す前に、大鷹が口を挟んだ。

「道理だ。しかし、法度は守らねばならん。他の女と夫婦同然に暮らしたいなら、その前に女房と話をつけ、離縁状を渡しておくのが筋だろう」

いつもの醒《さ》めた声と氷の眼で熊助を黙らせると、大鷹はふみを見返った。

「さあ、どうします。離縁しませんか、しますか。ふみさんが『否《いな》』と言えば、熊助は三行半を出せません。そうなれば、別の女と夫婦になることもできはしない。『応《おう》』となれば、三行半を書かせて、このげじげじとは縁切れだ」

ふみは棒のように突っ立っていた。頬からみるみる血の気が引いていった。

「旦那。はばかりながら、あたしも江戸の女でさぁ。他の女がいいのなんのと、ふにゃふにゃしたことを言われてまで、しがみつこうとは思やしません。この上まだお手数《てかず》をおかけして、すまねぇこってすが、この間抜けっ面《つら》の艶次郎《えんじろう》に四行半《よくだりはん》でも、血判状でも、どうかして書かしておくんなさいまし。お願い申します」

言い捨てると、ふみは熊助を下駄で蹴倒《けたお》した。

「その、こ汚《ぎたね》えしゃっ面、二度とあたしの前にさらすんじゃないよ。この馬鹿」

それっきりだった。ふみは離れに走り込んで、ぴしゃりと戸を閉めた。

「『船から引きずり降ろし』たと言うたな。相手の女は船饅頭《ふなまんじゅう》か」

隼人の問いに、大鷹が薄く笑った。

「ええ。ひと月半戻らないと聞いて、まず思い浮かべたのは養生所でした。けれどそちらはお旗本が行って下さるでしょう。となると、残るのは女の所ですが、熊助の懐具合では、吉原はもちろん、岡場所に居つづけも難しい。となると、暮らす場所があって、女のほうでも男手が要る船饅頭だろうと、見当をつけました」

船饅頭は川岸で客を船に乗せ、大川《おおかわ》に出て春を売って、また岸に戻る、言わば水上女郎だ。客ひとり三十二文で稼ぎは良いが、どうしても船頭が要る。

「船饅頭がたむろしているところを、深川《ふかがわ》の諸河川から始めて、永代橋《えいたいばし》を回り、永《えい》久橋《きゅうばし》の近くで見つけました」

どうりで朝から夕方近くまでかかったわけだ。


隼人と大鷹が熊助を抱え上げ、文机の前に座らせるまで見物してから、惣介は奥の八畳間へ入った。どうせ何度も書き損じるに決まっている。紙を足しておくつもりだった。が、座敷に一歩、足を踏み入れたところで、体が固まった。

襖を隔《へだ》てて隣り合った六畳間から、鈴菜と銀治郎の話し声が聞こえたのだ。

(いつの間に、ふたりきりで閉じこもった。けしからねぇ)

聞くまいと思っても、ついつい耳の穴が広がる。どうやら鈴菜は、銀治郎に手伝ってもらって、花菖蒲を生けているらしい。ほんの二、三年まえまで、活け花などには、てんで興味を示さなかったのだから、ずいぶんな変わり様だ。

「せっかく、こんな良い花を持ってきてくれたのに、家のごたごたに巻き込んじまって、ごめんなさいねぇ。辛いことも思い出させちまったし」

「いや、気にすることはないさ。わたしはあんまり役に立たなかったし。それに、たまには思い出してやらねば、兄が寂しがる」

「銀ちゃんは、ほんにいい人だ。あたしもちっと見習わないと」

ぱちりと花鋏《はなばさみ》が鳴った。

「いい人かどうか。花菖蒲じゃあ、人助けにはなりゃしないからね」

「そんなこと。どうして。何かござんしたか」

「小石川養生所の有様が気になりましてね。看護人や医者が、病人にあたり散らす。家族に賂《まいない》を無理《むり》強《じ》いする。そりゃあ、ひどいことになってたもんだから」

「人助けの心がある医者や看護人が入り用だ、と。そう思ったわけだ。銀ちゃんはお旗本だから、簡単に医者になるってわけにもいかないし。窮屈だねぇ」

ここまで聞いて、惣介はそっと座敷を抜け出した。盗み聞きをしているおのれが恥ずかしくなったためもある。ふたりの会話が、惚れた同士のものとは思えなかったからでもある。

男と女ながら、銀治郎と鈴菜は良き友になりつつあるようだ。

惣介は安堵したような、気が抜けたような、壁に突き当たったような、おのれでおのれを持て余した心地で台所へ入った。隼人が『手間賃代わりに、惣介が夕餉を馳走する』と言い放った手前もある。二宮兄弟は帰ってしまったが、残った皆には、是非、美味いものを振る舞いたかった。

ところが、いざ竈の前に立ってみると、どうにも気が乗らない。

のろのろと米を研ぎ、しゃがんで火を熾《おこ》していると、志織が水口から入ってきた。

「ふみさんはどうにか落ち着きましたよ。可哀想に」

もらい泣きしたらしく、志織の目も擦《こす》ったように赤くなっていた。

意地で啖呵《たんか》を切ったものの、そう簡単に割り切れるはずもない。

「当分は滅入《めい》るだろう。料理の手ほどきが、支《つっか》えになってくれると良いが」

「はい。主水様もそう言っておられました。わたくしも、よく気をつけるようにいたします。とりあえずは、小一郎に伝ちゃんのお守りを言いつけて参りました。子どもの前じゃ、辛い顔もできません。ふみさんはひとりで気の済むまで泣いたほうがいい、と思ったものですから」

そこまで話して、志織は訝《いぶか》しむ顔になった。

「お前様も何やらお顔の色が優れませんが、どうなさいました」

「ふむ。夕餉を作りに来たのだが、どうもいかん」

「あれ、料理に身が入らないのでございますか。それはどこか具合がお悪いのです、きっと。夕餉はわたくしが拵えますゆえ、横におなりなさいませ」

志織が「鈴菜に夜具の支度をさせましょう」と言い終えたとき、水口の外でドサリと音がした。夫婦ふたりで首を並べて表をうかがうと、大鷹が門の外へ熊助を投げ出したところだった。

三行半が出来上がったのだ。

「さあ、これでどこへ行こうと何をしようと勝手だ。ただし、手放したふみと伝吉は、もう二度と取り戻せない。女の船に帰れ。帰って、おのれのしたことを心底、悔いるがいい」

声は静かだが、口調には底知れぬ冷たさがあった。大鷹が踵《きびす》を返した後も、熊助はまるで斬り捨てられたかのように、ただぼんやりとその場に座り込んでいた。

「夫婦《めおと》とは、何とも不思議な縁《えにし》だなぁ、志織」

「ほんに、そうでございますねぇ。短い命の間に、切れたりつながったり、消えたり現れたり。ねえ、お前様。鈴菜のこと、さぞ気掛かりでいらっしゃいましょうが、黙って見守るのも親の務めにございますから」

「ああ。そうだな。志織の言うとおりだ」

惣介は竈の前に戻って、飯を炊く支度を始めた。手を動かしているうちに、きっと気が晴れる。それはわかっていた。傍で志織が鍋に水を汲み、昆布を一枚、ひらりと中に落とした。

「昨日は、せっかく伺いながら、何のご挨拶もできずに帰ってきましたが」

格段、悔やむ風もない、長閑な口調だった。

雨は衰えることなく、強い力で傘を叩いていた。昼間だというのに、湯島天神《ゆしまてんじん》の境内は薄暗く人気《ひとけ》もない。一本の傘に寄り添っていても、咎められないのは幸いだ。

「それでようございました。ふみさんを見ていたら、あたしなんぞまだまだ覚悟が足りないと、思い知らされましたから」

「夫婦になってから、ふたりで覚悟を造ってゆく。そういう手もありますよ」

「ええ。いずれきっとそうなりましょうけれど。その前に少し学びたくなりました。今のままでは、あたしはただの甘えた小娘です」

「小娘をやめて、何になりたいのです」

「本道医（内科医）に」

「……それはまた、月日がかかりそうですね」

「……待っていただけましょうか」

鈴菜は顔を上げて、相手の目を仰ぎ見た。その奥の奥に何があるのか知りたくて、幾度もじっとのぞき込んだ暗い水底《みなそこ》のような瞳。それが、少し寂しげに瞬《またた》いた。

「はい。とこしえに」

そっとつぶやいて、大鷹源吾は穏やかに微笑んだ。

参考文献一覧

『江戸の料理と食生活』　原田信男　小学館
『江戸の旬・旨い物尽し』　白倉敬彦　学習研究社
『江戸料理事典』　松下幸子　柏書房
『料理いろは庖丁』　福田浩　松下幸子　柴田書店
『江戸幕府役職集成』　笹間良彦　雄山閣
『江戸見世屋図聚』　三谷一馬　中央公論新社
『大江戸復元図鑑』〈庶民編〉〈武士編〉　笹間良彦　遊子館
『江戸城と将軍の暮らし』　平井聖　学習研究社
『大名と旗本の暮らし』　平井聖　学習研究社
『町屋と町人の暮らし』　平井聖　学習研究社
『江戸アルキ帖』　杉浦日向子　新潮社
『江戸ごよみ十二ヶ月』　高橋達郎　人文社
『江戸の坂』　山野勝　朝日新聞社

『江戸あきない図譜』　高橋幹夫　筑摩書房
『江戸衣装図鑑』　菊地ひと美　東京堂出版
『江戸のおしゃべり』　渡辺信一郎　平凡社
『風の名前』　高橋順子　佐藤秀明　小学館
『雨の名前』　高橋順子　佐藤秀明　小学館
『十九世紀イギリスの日常生活』　クリスティン・ヒューズ　松柏社
『文学 VOL.47　松平外記一件始末』　野口武彦　岩波書店
『甲子夜話　3』　松浦静山　平凡社
『あの人はなぜ相手の気持ちがわからないのか』　加藤進昌　PHP研究所
『一緒にいてもひとり』　カトリン・ベントリー　東京書籍
『大人のアスペルガー症候群』　佐々木正美　梅永雄二　講談社
『誰か助けて』　石川結貴　リーダーズノート
『チャイルド・プア』　新井直之　TOブックス
『大江戸生活事情』　石川英輔　講談社
『江戸語の辞典』　前田勇　講談社

『江戸のガーデニング』　青木宏一郎　平凡社
『イギリスの歴史が2時間でわかる本』歴史の謎を探る会　河出書房新社
『三くだり半』　高木侃　平凡社
『花菖蒲』　永田敏広　学習研究社
『江戸の釣り』　長辻象平　平凡社
(株)にんべん　ホームページ
(株)ヤマキ　ホームページ
赤坂氷川神社　ホームページ

編集協力／小説工房シェルパ（細井謙一）

解説

細谷正充《ほそやまさみつ》（文芸評論家）

今年（二〇一五年）の二月、時代小説ファンにとって、衝撃的なニュースが飛び込んできた。学研ホールディングスが、出版事業の再編を発表し、学研M文庫の廃止が決定したのだ。学研M文庫といえば、文庫書き下ろし時代小説を多数刊行していたレーベルである。それが、いきなりの廃止とは、青天の霹靂《へきれき》。いろいろ出ていた時代小説シリーズはどうなってしまうのかと、大きな不安を抱いてしまった。

だが、本書によって、不安のひとつは解消されたといっていい。学研M文庫で人気の高かった、小早川涼《こばやかわりよう》の「包丁人侍事件帖」シリーズが、早くも再開されたのだ。それが『料理番に夏疾風《はやて》 新・包丁人侍事件帖』である。本書で初めて小早川作品を手にしたという読者もいると思うので、内容に触れる前に、まずは作者の経歴を見てみよう。

小早川涼は、三重《みえ》県の伊勢《いせ》市の生まれ。愛知教育大学教育学部教職科心理学教室を卒業した後、小学校教諭や中学校講師として働いた。趣味は読書で、古典文学・時代小説・国内外のミステリーを乱読する。時代小説にハマった切っかけは、中学時代に読んだ、永井路子《ながいみちこ》の『北条政子《ほうじょうまさこ》』であった。作家になる夢も早くから抱いていて、隠れた遊びのように執筆していた。だが、結婚してふたりの子供が生まれてからは、生活に振り回され、小説家になりたいという夢を諦《あきら》めかけていたという。

そんな作者が、どのようにして作家になったのか。シリーズ第六弾『包丁人侍事件帖 くらやみ坂の料理番』の巻末に収録された、作者と女優・浅野温子《あさのあつこ》の特別対談「カッコ悪くて懐の深い男を描きたい」の中で、

「私は特殊な才能か経験がないと作家になれないと勝手に思い込んでいたんですね。その後、子どもを育てるとか、家族のために料理を作るとか、平凡な日常の中で泣いたり笑ったり怒ったりしてることは、ムダではないんじゃないか。それも創作につながるんじゃないかと、だんだん思うようになって。……というのが四十歳過ぎた頃ですかね」

「結婚してからも、小説をこっそり書いてはいたんですけど、ものにならなくて。四十歳過ぎた頃に大好きな時代小説を書けたら老後が楽しいだろうなと思って、また書くようになって。何度も手直しして書き上げた『将軍の料理番』が認められてデビューとなったわけです」

と、語っている。なるほど、歳月による人間の熟成が、作家への道を切り拓《ひら》いたということか。かくして二〇〇九年七月、学研M文庫より書き下ろしで刊行した『包丁人侍事件帖 将軍の料理番』で念願のデビューを果たした作者は、これをシリーズ化した。また、『芝の天吉捕物帖』や「大江戸いきもの草紙」シリーズも発表している。現在の文庫書き下ろし時代小説家としては、作品の発表はスローペースであるが、根強い人気があり、常に新作が待たれている。今回の移籍劇の速さを見ても、そのことが納得できよう。

さて、前振りはこれくらいにして、そろそろ本書の内容に踏み込んでいこう。〝新・包丁人侍事件帖〟となっているが、作品は完全に旧シリーズと地続きである。主人公の鮎川惣介は、当然、江戸城御広敷御膳所台所人《おひろしきごぜんしょ》だ。五十俵の御家人であるが、徳川十一代将軍家斉の食事を作る、重要な役目を担っている。さらに拵《こしら》えた料理を褒められたのを切っかけに、ひと月かふた月に一回は御小座敷に召されている。ちょっとした料理を手に、将軍に拝謁している惣介を、周囲の人間は妬《ねた》んでいるが、本人にとっては有難迷惑なことであった。とはいえ、お召がなくなることも望んでいない。なかなか心中複雑である。また、剣の腕前はからっきしだが、嗅覚《きゅうかく》が鋭い

という いかにも包丁人らしい特技も持っている。

そんな惣介の周囲にいる人々も個性的だ。惣介の幼馴染《おさななじみ》で、大奥を警護する添番《そえばん》の片桐隼人は、堅物だが、剣の腕は抜群だ。双子が生まれてからは、親バカぶりを発揮して、惣介を悩ませている。さらに京都《きょうと》から来た、家慶の正室の料理番をしている桜井雪之丞は、自由奔放な言動で、惣介を翻弄《ほんろう》する。この三人の他にも、惣介と隼人の家族や、いままでの作品に登場した人物が、賑《にぎ》やかに現れ、さまざまな騒動が起こるのである。

本書は、全三話で構成されている。第一話「西の丸炎風」では、惣介が将軍家斉から、末沢主水というイギリス人に、料理を教えてやってくれと頼まれる。どうやら海外のことを知ろうとした家斉が、日本に流れ着いた主水を、ひそかに匿《かくま》っていたらしい。これだけでも頭が痛いのだが、隼人から、旗本の松平外記という知己のことについて相談される。西の丸書院番の外記だが、朋輩《ほうばい》のいじめにより、精神が不安定だというのだ。隼人と共に外記と会った惣介だが、それほど心配はないように思えた。しかし、自分の正義を信じるあまり、独善的な物言いをすることが気にかかる。そうこうするうちに江戸城で外記が、とんでもない事件を引き起こし、なぜか雪之丞がそれに巻き込まれるのだった。

歴史に詳しい人なら、松平外記の名前が出た時点で、あっと思ったことだろう。なにしろ、江戸城で起きた〝千代田《ちよだ》の刃傷〟の当事者である。簡単に書くと、西の丸書院番の新参者・松平外記が、朋輩から執拗《しつよう》な嫌がらせを受け、ついに耐えかねて三人を斬殺して、二人に手傷を負わす。そして本人は自刃して果てたというものだ。作者は、この実在の大事件に、ユニークな角度から切り込んだ。

なるほど、私たちは事件の全容を知っているが、惣介たちにとっては、現在進行形の騒動である。まず何が起きたのかから、見極めなければならない。しかも雪之丞が、意外な方向から絡まったことで、ますます事態は紛糾。それを惣介と隼人が追いかける。千代田の刃傷は、南條範夫《なんじようのりお》の短篇「いじめ刃傷」や、梶《かじ》よう子《こ》の長篇『ふくろう』など、幾つかの時代小説の題材になっているが、騒動そのものをミステリー・タッチで料理した作品は初めて読んだ。ここに本作の独創性があるのだ。

続く第二話「外つ国の風」は、家の離れで主水に料理を教え始めた惣介に、またもや難題が持ち込まれる。かつて惣介が世話になった津田軍兵衛が、息子の兵馬を連れて訪ねてきたのだ。聞けば、兵馬の喧嘩《けんか》相手だった旗本の下男が殺されたとのこと。性格に難のある息子を信じきれぬ軍兵衛は、惣介に事件の捜査を依頼。しぶしぶ引き受けた惣介だが、肝心の旗本家が、隼人や自分と因縁のある相手だと知って、頭を抱える。それでも捜査を継続していると、やがて殺人事件が千代田の刃傷と結びつき、意外な真実が浮かび上がってくるのだった。

まったく別の話だと思って読んでいたら、ふいに第一話と繋《つな》がっていく展開に、大いに驚いた。こうしたストーリー運びの巧《うま》さは、国内外のミステリーを乱読していたという、作者ならではのものであろう。チャンバラ・シーンの惣介の行動も愉快(せっかく得意の嗅覚を使ったのに、まったく生かすことができないところは、爆笑してしまった)であり、旗本との因縁を断ち切る結末も痛快。すかっとした味わいが堪能《たんのう》できるのだ。

それとは別に、津田兵馬の性格にも注目したい。自己中心的で人の気持ちを推し量ることのできない兵馬は、あちこちで他人と衝突する。父親が兵馬を殺人の犯人ではないかと疑ったのも、その性格ゆえだ。この手の性格の人は今でも多く、現代の読者の興味を惹《ひ》く存在になっている。

いや、兵馬だけではなく、雪之丞や外記もそうだ。わざと無礼な言動をして、相手の反応を楽しんでいる雪之丞。正論をまくし立てて、他人を不快にさせる外記。三者三様であるが、誰もが性格に難がありすぎなのである。

だが、それだからこそ、主人公の魅力が引き立つ。将軍の知遇を受けている惣介だが、特権意識を持つことはない。ごく普通の人間として職場や家庭の中で生きているのだ。エキセントリックな性格の人々が、次々と登場することにより、こうした惣介の健全な小市民ぶりが際立つ。当たり前の常識と良識があるから、友達や恩ある人から頼みごとをされれば奔走する。家族のことを心配する。そんな行動を知れば知るほど、出っ張った腹と団子鼻の狸顔の惣介が、恰好《かっこう》良く思えてくるのだ。

そしてラストの「鈴菜恋風」では、惣介の娘の鈴菜が、倒れていた子供を助けたことから、ある母子の人生にかかわることになる。長屋の様子から、子供の母親の心底を見抜く惣介は、まさに人生の達人である。その酸いも甘いもかみ分けた仕儀により、母子を幸せにする様が、なんとも気持ちいい。

ところが、そんな惣介も、自分の娘のことになると、さっぱり分からない。鈴菜の恋する相手が分かったところで物語の幕が下りるが、先が読みたくてしかたがないじゃないか。一日も早く、次巻が出ることを期待してしまうのである。

なお、「包丁人侍事件帖」シリーズ全七冊も、順次、角川文庫に収録されるとのこと。本書に登場した何人かに関しては、そちらを手にすることで、より理解が深まるであろう。本書と併せて、強く、お薦めしておきたい。

本書は角川文庫の書き下ろしです。

料理番《りょうりばん》に夏疾風《なつはやて》

新《しん》・包丁人侍事件帖《ほうちょうにんざむらいじけんちょう》

小早川《こばやかわ》 涼《りょう》

平成27年 5月25日 初版発行

発行者●郡司 聡

発行●株式会社KADOKAWA
〒102-8177 東京都千代田区富士見2-13-3
電話 03-3238-8521（カスタマーサポート）
http://www.kadokawa.co.jp/

角川文庫 19020

印刷所●旭印刷株式会社 製本所●株式会社ビルディング・ブックセンター

表紙画●和田三造

ISBN978-4-04-102432-4 C0193

角川文庫発刊に際して

角川源義

第二次世界大戦の敗北は、軍事力の敗北であった以上に、私たちの若い文化力の敗退であった。私たちの文化が戦争に対して如何に無力であり、単なるあだ花に過ぎなかったかを、私たちは身を以て体験し痛感した。西洋近代文化の摂取にとって、明治以後八十年の歳月は決して短かすぎたとは言えない。にもかかわらず、近代文化の伝統を確立し、自由な批判と柔軟な良識に富む文化層として自らを形成することに私たちは失敗して来た。そしてこれは、各層への文化の普及滲透を任務とする出版人の責任でもあった。

一九四五年以来、私たちは再び振出しに戻り、第一歩から踏み出すことを余儀なくされた。これは大きな不幸ではあるが、反面、これまでの混沌・未熟・歪曲の中にあった我が国の文化に秩序と確たる基礎を齎らすためには絶好の機会でもある。角川書店は、このような祖国の文化的危機にあたり、微力をも顧みず再建の礎石たるべき抱負と決意とをもって出発したが、ここに創立以来の念願を果すべく角川文庫を発刊する。これまで刊行されたあらゆる全集叢書文庫類の長所と短所とを検討し、古今東西の不朽の典籍を、良心的編集のもとに、廉価に、そして書架にふさわしい美本として、多くのひとびとに提供しようとする。しかし私たちは徒らに百科全書的な知識のジレッタントを作ることを目的とせず、あくまで祖国の文化に秩序と再建への道を示し、この文庫を角川書店の栄ある事業として、今後永久に継続発展せしめ、学芸と教養との殿堂として大成せんことを期したい。多くの読書子の愛情ある忠言と支持とによって、この希望と抱負とを完遂せしめられんことを願う。

一九四九年五月三日